CŒUR FRILEUX

JAY NORTHCOTE

Traduction par
LILY KAREY

UN

Les yeux plissés, roulant au ralenti, Sam scruta les numéros de porte, jusqu'à trouver celle dont le 17 était presque totalement masqué par une large guirlande de Noël.

Il se gara devant la maison. Avant qu'il ait eu la chance de déboucler sa ceinture de sécurité, la porte d'entrée s'ouvrit, et Ryan fut là, le saluant d'un signe de la main.

Sam sortit de la voiture et s'avança vers lui. Il sourit, son cœur ratant un battement lorsque Ryan le lui rendit.

— Tu vois, mec. Tu as fini par trouver.

— Évidemment, répondit Sam, ne pouvant résister à un peu de sarcasme.

Il esquiva lorsque Ryan tenta une clé de tête et une mèche d'un roux sombre tomba devant ses yeux.

— Oui, oui, tes indications étaient bonnes. Tu avais raison, le GPS m'indiquait la mauvaise route.

Ryan l'attira pour une accolade, et Sam se perdit dans l'instant, inspirant son odeur jusqu'à ce que Ryan le lâche. Si ses joues étaient rouges, il espéra que Ryan mettrait cela sur le compte du froid.

— Je suis content de te voir, souffla Ryan.

— Moi aussi.

Sam cala ses cheveux derrière ses oreilles et sourit en croisant le regard chocolat de Ryan.

Une seule petite semaine s'était écoulée depuis qu'ils avaient fait leurs bagages et avaient quitté l'université pour les vacances, mais Ryan lui avait manqué comme un fou. Il était habitué à être tout le temps avec lui, et cette pause n'avait fait que renforcer les sentiments qu'il éprouvait pour Ryan. Il réprima un soupir. Il était le cliché gay ultime, secrètement et désespérément amoureux de son meilleur ami hétéro.

Sam balaya ces pensées et les enferma dans la boîte sombre de son esprit, là où était leur place. Après deux ans et des poussières, il était passé maître dans ce domaine. Il espérait finir par trouver quelqu'un qui lui sortirait Ryan de la tête, mais en dépit de ses nombreuses tentatives, ça n'était pas encore arrivé.

— Tu es prêt à y aller ? demanda-t-il en faisant tinter les clés de la voiture de sa mère.

Il la lui avait empruntée pour ces quelques jours de vacances.

— Oui. Je vais chercher mon sac.

La mère de Ryan sortit pour les regarder partir. Après un rapide bonjour à Sam, elle enlaça son fils.

— Amuse-toi bien, chéri. Je te vois à notre retour.

— Toi aussi, maman. Passe un bon Noël.

Alors que Sam s'éloignait du trottoir, Ryan se tourna pour dire au revoir à sa mère de la main jusqu'à ce qu'ils tournent au coin de la rue.

— Tu ne passes pas Noël avec ta mère ?

— Non, répondit Ryan en se réinstallant sur son siège. Elle décolle pour le Maroc avec Barry pour prendre un bain de soleil d'hiver. Je serai chez mon père et Nicola.

Ryan ne semblait pas emballé par cette perspective.

— Ta sœur ne sera pas là ?

— Pas cette année. Elle va à Manchester pour passer les fêtes avec son petit ami et ses parents.

— Oh.

Sam ne sut pas quoi dire d'autre. Les Noëls en famille étaient toujours un peu bizarres quand vous viviez loin de chez vous et aviez votre indépendance, mais, au moins, sa famille vivait sous le même toit et il avait ses jeunes frères et sœurs avec qui rire.

— Oui.

Il y eut un long silence.

— Ces deux jours seront amusants, finit par dire Sam. Ce sera cool d'avoir un peu de temps pour se détendre avant de devoir de nouveau affronter la famille.

— Oui, soupira Ryan, l'air plus joyeux à cette idée. Oui, ce sera cool. Alors, où allons-nous exactement ? Je n'ai pas eu l'occasion de chercher sur une carte.

— Si je le savais ! C'est au milieu de nulle part. Le GPS devrait nous emmener jusqu'au village, mais à partir de là, tu devras me guider à l'aide de la carte. Jon m'a conseillé de prendre la direction du pub et, pour les derniers kilomètres, j'ai imprimé une carte et ses instructions. C'est dans la boîte à gants.

Ryan sortit la feuille et l'atlas routier.

— Quel est le nom du village déjà ?

— Un nom gallois imprononçable avec pas assez de voyelles dedans, pouffa Sam. C'est écrit dessus.

— Trouvé ! gloussa Ryan. Je vois ce que tu veux dire à propos des voyelles.

— Nous devrions arriver dans une heure et demie. Ce n'est plus très loin.

— À quelle heure Jon et Trina sont-ils censés arriver ?

— En milieu d'après-midi, je pense ? Il m'a envoyé un texto, tout à l'heure, et il a dit qu'ils devraient être là lorsque nous arriverons. Ils iront au supermarché pour nous approvisionner en alcool et en nourriture.

— Génial !

◆

Ryan fixait la carte, les sourcils froncés.

— OK. Tourne à gauche. C'est celle-là que j'ai loupée. Elle est tellement petite que je l'ai prise pour un chemin, pas une route.

Sam tourna prudemment sur la route incroyablement étroite qui montait en pente abrupte depuis la rue qu'ils avaient empruntée pour sortir du village.

— S'il y a de l'herbe qui pousse au milieu, je pense que c'est parce que *c'est* un chemin, répliqua Sam en roulant à vitesse réduite, la voiture rebondissant sur la surface inégale. Ça alors ! Je suis content que les explications de Jon soient bonnes. Je n'aurais pas parié sur nos chances de trouver sans cela.

— Juste un peu plus loin... tourne au prochain virage et nous devrions être arrivés.

La route s'aplanit légèrement.

— C'est le bon nom ? demanda Ryan en désignant une plaque de pierre incrustée dans un mur.

Les mots gravés dessus indiquaient *Hafan Dawel*.

— Oui, c'est ça.

Il n'y avait pas d'allée, mais la route s'élargissait juste assez devant le cottage pour lui permettre de se garer.

— Jon et Trina ne sont pas encore là, nota Sam en coupant le moteur, après avoir laissé suffisamment de place pour un autre véhicule.

— Viens !

Ryan avait déjà ouvert sa portière, conscient de l'écart étroit entre la voiture et le mur en pierre.

Sam le suivit, impatient de voir où ils allaient séjourner. Jon leur avait montré des photos du cottage, mais dans la vraie vie, il semblait très différent, plus petit qu'il ne l'avait imaginé et bien plus isolé. Les photos n'avaient pas rendu justice au lieu. Il n'y avait qu'un seul autre bâtiment en vue, un autre cottage plus loin dans la rue, caché par des arbres. En dehors de cela, ce n'était que des champs à perte de vue, des moutons et quelques bosquets, disséminés de-ci de-là. Les collines verdoyantes se fondaient en montagnes au loin et le ciel gris s'assombrissait de façon menaçante au-dessus des sommets. La nature sauvage de la campagne galloise était aussi morne et impitoyable qu'elle était belle. Elle était à mille lieues des pelouses impeccablement tondues et des majestueuses maisons de la ville d'Oxford, où vivait Sam, ou du lotissement de Swindon, où il était venu chercher Ryan, plus tôt dans la journée.

Il contempla le paysage en souriant, sa respiration dessinant des volutes de fumée dans l'air glacial.

— Comment allons-nous entrer ? Devons-nous attendre Jon ? Il fait un froid glacial ici.

— Il y a une clé cachée quelque part, révéla Sam. Elle

se trouve sous une toile d'ardoise, dans le parterre de fleurs, près de l'entrée.

— Ici ? demanda Ryan en se penchant et soulevant la pierre bleu-gris. Oui, je l'ai.

Il inséra la clé dans la serrure, la secoua un peu, et elle finit par tourner. Ils entrèrent et regardèrent autour d'eux.

Il faisait assez sombre. Bien que les rideaux soient ouverts, les fenêtres étaient petites et poussiéreuses, autorisant peu de lumière à filtrer.

Sam trouva l'interrupteur et alluma. Dans la lueur jaunâtre du plafonnier, il remarqua que la porte d'entrée ouvrait sur ce qui semblait de toute évidence être la pièce à vivre du cottage. Un portemanteau était accroché près de la porte et un escalier se dressait juste en face.

— C'est cool ! déclara Ryan.

— Oui. J'ai du mal à croire que nous allons séjourner ici gratuitement.

Ce n'était pas franchement luxueux, mais Sam s'en moquait. Le canapé deux places était vieux et usé par endroits et le petit fauteuil entassé dans l'espace restreint avait connu des jours meilleurs. Le sol en dalles était poli par les années où il n'était pas couvert par un tapis.

Sam frissonna.

— Il fait un peu frisquet, tu ne trouves pas ?

Il faisait presque aussi froid dedans que dehors.

— Je me demande comment on met le chauffage, réfléchit-il en regardant autour de lui à la recherche d'un radiateur, mais il n'en trouva aucun.

— Je ne pense pas qu'il y en ait, fit remarquer Ryan. Du moins, pas comme nous en avons l'habitude. Mais il y a une cheminée.

Il se dirigea vers le foyer ouvert et s'accroupit pour inspecter un panier de bûches.

— Elles brûleront bien. Nous devrions probablement l'allumer dès que possible.

Ils retournèrent chercher leurs bagages dans la voiture avant d'explorer le reste du cottage.

La seule autre pièce du rez-de-chaussée était une cuisine à l'arrière de la maison. Elle était minuscule et très simple. La fenêtre au-dessus de l'évier donnait sur un jardin bordé d'un muret en pierres. Des moutons paissaient dans les champs au-delà.

— Au moins, il y a une bouilloire, nota Ryan. Mais comment sommes-nous supposés cuisiner sans micro-ondes ?

Sam éclata de rire.

— Oh, mon Dieu ! Problème de pays développés. Je suis sûr que nous y arriverons. Connaissant Jon, il rapportera des chips et des pizzas. C'est tout ce qu'il mange.

À l'étage se trouvaient deux chambres et une minuscule salle de bain – des toilettes, un lavabo et une baignoire avec pommeau de douche. Les deux pièces étaient petites, avec très peu d'espace non occupé par les meubles. La première chambre était encombrée de lits jumeaux et la deuxième d'un lit double.

— J'imagine que nous dormirons ici, supposa Sam en posant son sac au pied d'un des lits jumeaux.

— Oui. Les tourtereaux voudront le lit double, j'en suis sûr, renchérit Ryan en souriant. J'espère que les murs sont épais.

— Pfff !

Sam sentit son visage s'échauffer à cette idée. C'était

déjà suffisamment pénible d'entendre Jon et Trina quand il était seul dans la chambre de la maison qu'ils partageaient. L'idée de devoir écouter leurs ébats coincé dans la même pièce que Ryan fit se recroqueviller ses orteils d'un inconfortable mélange d'embarras et de quelque chose de plus chaud et de plus vicieux.

— Allez.

Il se leva rapidement, souhaitant détourner leurs pensées de tout ce qui était lié au sexe.

— Allons démarrer ce feu. Espérons que les autres seront bientôt là avec la bière et la nourriture. Je suis affamé.

— Je suis content que tu saches ce que tu fais, plaisanta Sam en observant Ryan soigneusement assembler une structure dans le foyer à l'aide de papier froissé et de brindilles. Je n'aurais jamais su quoi faire.

— Oui, mes quelques années parmi les scouts me sont utiles. J'ai toujours aimé faire du feu. C'était la meilleure partie du camp de vacances.

Il gratta une allumette et l'approcha des morceaux de papier, à plusieurs endroits, pour les embraser. Le bois d'allumage était idéalement sec et il brûla rapidement. Ryan ajouta peu à peu des bouts de bois plus gros, jusqu'à ce qu'il craque et commence à rougir.

— Parfait ! annonça-t-il en s'asseyant sur ses talons et en tendant les mains devant lui.

Sam l'imita, surpris par la chaleur qui se diffusait déjà.

— Oh, ça fait du bien.

— Espérons que Jon ramène des chamallows. En parlant de Jon, où sont-ils, bon sang ? Ils devraient déjà être là.

— Oui.

Sam sortit son téléphone de sa poche et fronça les sourcils.

— Je n'ai aucun signal. Et toi ?

Ryan chercha son téléphone et secoua la tête.

— Non, rien du tout.

Ils refirent un essai à l'étage, sans plus de succès, alors Sam enfila son manteau et gravit la colline. À une centaine de mètres de la route, près de l'autre cottage, il parvint à capter trois barres de signal et en moins de deux minutes, une série de messages et d'appels manqués de Jon se manifestèrent.

On va être en retard. La voiture est tombée en panne. On attend la dépanneuse.

Puis un peu plus tard :

Nous n'arriverons pas aujourd'hui. La voiture est en réparation au garage, on est rentrés à la maison. Ça devrait être bon pour demain.

Puis :

Bien sûr, le signal est merdique. Réponds-moi si tu as ce message.

Sam composa le numéro de sa boîte vocale et écouta le message de Jon :

— Désolé, mec. J'espère que tu as eu mes textos. Ma poubelle est tombée en panne. Elle sera réparée demain midi. Nous partirons dès que je l'aurai récupérée. Ma mère dit de te servir de tout ce qu'il y a de comestible dans le cottage, mais il y a une épicerie au village, alors tu ne mourras pas de faim. Par contre, elle n'est ouverte que jusqu'à dix-sept heures trente. J'espère que tu y arriveras à temps. Sinon, le pub local vend de la nourriture, mais c'est un peu cher. OK. Je pense que c'est tout... Ouais. Je te vois demain, alors. Amusez-vous bien.

Sam vérifia l'heure et jura. Il restait peu de temps avant que le magasin ferme. Il envoya un bref message à Jon, l'informant qu'il avait reçu ses textos, puis descendit en hâte la colline.

Il était à bout de souffle quand il entra en trombe dans le cottage, et Ryan se tourna vers lui, les sourcils haussés.

— Ils n'arriveront pas avant demain, leur voiture est en panne. Ce sont eux qui ont toute la nourriture, par contre. Nous devons donc nous rendre à l'épicerie du village avant qu'elle ferme.

— Oh, mince. C'est dommage. Je viens juste de rajouter des bûches sur les braises. Nous ne devrions probablement pas partir en le laissant brûler.

— C'est bon, je vais y aller seul. Tu veux quelque chose de spécial ?

— Non, je mange de tout. Mais n'oublie pas la bière.

— Évidemment, je n'oublierais jamais ça.

Ni l'un ni l'autre n'étaient de gros buveurs, mais, après tout, ils étaient étudiants, et le but de ces deux nuits loin des yeux attentifs des parents était de se détendre et de faire la fête. De plus, Sam était un peu nerveux à l'idée de passer la nuit seul avec Ryan. Ce n'était pas qu'ils ne passaient pas énormément de temps ensemble habituellement, mais, généralement, il y avait d'autres personnes avec eux et la distraction des devoirs, des émissions télé ou des bruits de la Xbox. Ça allait être légèrement différent ici, sans grand-chose à faire. L'alcool pourrait l'empêcher de se sentir aussi mal à l'aise.

Il vérifia que son portefeuille se trouvait bien dans la poche de son manteau et récupéra ses clés de voiture sur la table basse.

— OK, à tout à l'heure.

DEUX

Ryan se retourna vers le feu dès que la porte se fut refermée sur Sam. Il ne put s'empêcher de le remuer, même s'il brûlait joliment. Il y avait quelque chose de très satisfaisant à regarder flamber un feu que vous aviez vous-même allumé. Il ajouta une nouvelle bûche et alla s'asseoir sur le canapé, contemplant les flammes tout en tentant d'ignorer le sentiment trouble au creux de son ventre.

Maudits soient Jon et son tas de ferraille.

Cela aurait été amusant, tous les quatre ici. Mais il se sentait mal à l'aise à l'idée de rester seul avec Sam.

— Tu es ridicule, s'admonesta-t-il à voix haute. C'est ton meilleur ami. Tu partages une maison avec lui, pour l'amour de Dieu !

Mais les papillonnements dans ses entrailles persistèrent.

Sam et lui étaient amis depuis leur première semaine d'université, quand ils avaient discuté après un cours. Durant leur deuxième année, ils avaient emménagé dans une colocation et vivaient ensemble depuis un an maintenant. Leur relation était facile, presque sans effort.

En surface, leur amitié pouvait sembler être une combinaison inhabituelle, Sam étant un super geek et Ryan dans l'équipe de rugby. Mais en y creusant plus profondément, ils avaient étonnamment beaucoup en commun. Sam le taquinait toujours en disant qu'il était un « geek caché » et le menaçant de le sortir du placard. Le rire de Ryan à cette blague était toujours un peu forcé, car il avait un secret différent qu'il dépensait beaucoup d'énergie à dissimuler. Sam faisait partie du problème, car les sentiments de Ryan pour lui étaient... *compliqués*.

Lorsque Sam avait révélé son homosexualité à Ryan et à leurs autres colocataires peu avant Noël dernier, Ryan avait été franchement surpris. Pas parce que le comportement de Sam était très hétéro ou qu'il s'envoyait un tas de filles – contrairement à lui – mais simplement parce qu'il n'y avait pas réfléchi. Cependant, dès qu'il avait su que Sam était gay et sortait avec un autre garçon, faisant très certainement des trucs gay avec lui, il avait été incapable de penser à autre chose. Imaginer *Sam* faire des choses avec un autre homme était vraiment déroutant. Il avait été ébranlé par un brusque état d'excitation et de jalousie et cela avait été un véritable électrochoc sur sa propre sexualité.

Pourtant, il n'était pas encore prêt à y faire face. Plusieurs fois, il avait failli en parler à Sam. Ce serait plus agréable d'en discuter avec quelqu'un qui comprenait ce qu'il traversait. Mais il ne cessait de se dégonfler. Puis Sam avait rompu avec son petit ami, se retrouvant de nouveau célibataire, et Ryan n'avait pas voulu que Sam pense qu'il le voyait comme l'opportunité pratique d'une expérience bicurieuse. Sam comptait bien trop pour lui pour risquer leur amitié en rendant la situation gênante.

Il soupira et passa les doigts dans ses cheveux, agité. Il se leva et partit explorer un peu plus attentivement le cottage. Des instructions placardées sur le mur de la cuisine lui apprirent comment mettre le chauffe-eau en route, ce qu'il fit. Puis il fouilla dans les placards, trouvant plusieurs conserves de haricots et de ragoût et un paquet de pâtes et de riz séchés qui pourraient s'avérer utiles s'ils se retrouvaient à court de nourriture.

Quand il entendit la porte d'entrée claquer, il retourna accueillir Sam, qui revenait les bras chargés de sacs de courses bien remplis.

— Seigneur Dieu, il neige ? demanda-t-il en remarquant les minuscules flocons pris dans les cheveux de Sam et qui étincelaient sur les épaules de son manteau noir.

— Oui, pas beaucoup. Juste une pincée.

Ses joues pâles étaient rougies par le froid. Ryan le suivit dans la cuisine et récupéra un sac pour le déballer – du pain, de la margarine, du fromage, une douzaine d'œufs, des haricots à la tomate et un paquet de cornflakes.

— C'est assez basique, j'en ai peur, s'excusa Sam. J'aurais peut-être dû conduire un peu plus loin et trouver un supermarché plus grand.

— C'est très bien. Nous ne mourrons pas de faim.

Sam avait ramené la sacro-sainte bière et un assortiment d'en-cas.

— J'ai acheté des Doritos extra épicés, comme tu aimes, annonça-t-il en lançant le sachet à Ryan, qui le rattrapa d'une main.

— Génial, mec ! Tu es si bon avec moi, plaisanta Ryan en souriant.

— Ne l'oublie pas.

— Je meurs de faim, dit-il en jetant un coup d'œil à sa montre. Toasts et haricots ?

— OK.

Ils ouvrirent une bière et commencèrent à cuisiner. Une fois qu'ils eurent préparé deux assiettes de haricots fumants, de fromage grillé sur du pain et d'œufs brouillés, ils apportèrent leur repas et leurs boissons au salon.

— C'est beau et chaleureux maintenant, dit Ryan.

Il s'assit sur le canapé et ôta ses chaussures afin de poser les pieds sur la table basse. La chaleur du feu s'infiltra à travers ses chaussettes et dans la plante de ses pieds pendant qu'il mangeait. C'était un véritable bonheur.

Après dîner et leur seconde bière, ils se sentirent bien trop paresseux pour faire la vaisselle, mais Sam débarrassa les assiettes quand il alla chercher la troisième tournée.

Une fois l'objectif de manger atteint, Ryan se sentit mal à l'aise. Normalement, à cette heure, ils regarderaient la télé, lanceraient un jeu sur la Xbox ou mettraient de la musique. Mais, ici, il n'y avait que le craquement du feu de cheminée et le bruit sourd d'une bûche qui glissait pour perturber le silence. Le canapé s'affaissait en son centre, ce qui les rapprochait, et Ryan était conscient du peu d'espace qui restait entre eux. Bien qu'une part de lui aspirait à ce que ce minuscule espace disparaisse complètement.

Ce fut cette pensée qui l'obligea à se relever vivement. Lorsque Sam leva des yeux surpris vers lui, il s'excusa :

— Je vais aux toilettes.

À l'étage, tandis qu'il urinait, il grinça des dents et se

réprimanda sévèrement. *Cesse de te comporter bizarrement. Si tu continues à être aussi nerveux, Sam va comprendre qu'il y a quelque chose qui cloche.*

Quand il redescendit, il vit Sam en train de fouiller dans le bas d'un buffet.

— Hé, j'ai trouvé des jeux là-dedans. Une partie d'échecs, ça te tente ?

— Bien sûr, répondit Ryan en souriant, soulagé par cette distraction.

Ils étaient de retour en terrain familier. Les échecs étaient l'un de ses petits secrets geeks qu'il affectionnait, tout en prétendant le contraire, et, parfois, à l'université, Sam et lui faisaient une partie quand ils étaient d'humeur.

— Juste pour que tu le saches, lança Sam d'un ton impassible. Tu vas perdre.

— Ah oui ? Dans tes rêves, mon pote. Amène-toi.

◆

Quatre parties et trois heures plus tard, ils étaient à égalité. Ryan tombait de sommeil et Sam bâillait, mais personne n'était disposé à concéder le match nul. Alors ils réinstallèrent le plateau.

La tension monta. Ils étaient penchés l'un vers l'autre, leurs genoux se touchant tandis qu'ils examinaient les pièces. C'était au tour de Sam de jouer et il réfléchissait depuis une éternité, le menton dans sa paume, le front plissé de concentration. Il mordillait sa lèvre inférieure et, quand il la relâcha, elle était rouge et enflée, humide de salive. Réalisant qu'il la fixait, Ryan reporta son attention sur le jeu, juste à temps pour voir Sam déplacer son fou.

Tentant d'éloigner ses pensées des lèvres de Sam et remarquant que sa reine était menacée, il la bougea rapidement, prenant un pion non protégé.

Cette fois, Sam ne s'arrêta pas pour réfléchir. Il joua sa tour dans un coup semblant sortir de nulle part. *Merde !* Ryan n'avait vraiment pas fait attention.

— Échec et mat ! s'exclama Sam. Je t'avais dit que tu allais perdre.

— Bordel !

Ryan fixa le plateau, dégoûté de lui-même d'avoir manqué l'attaque sournoise de Sam.

— Joli coup, cependant.

Sam s'adossa à l'accoudoir du canapé et replia ses jambes, coinçant ses orteils couverts de chaussettes sous la cuisse de Ryan.

— Mon Dieu, j'ai les pieds gelés, même avec la cheminée. Je me demande si la neige a cessé de tomber.

Ryan se leva pour ouvrir les rideaux et jeter un coup d'œil à l'obscurité. Le ciel était globalement dégagé et, alors que ses yeux s'habituaient à la pâle lueur projetée par la lune, il constata qu'il pouvait voir les touffes d'herbe dehors, saupoudrées de la fine couche de neige tombée plus tôt.

— Oui.

Ryan bâilla et s'étira, levant les bras au-dessus de sa tête. L'espace d'une seconde, le regard de Sam se posa sur sa taille. Ryan baissa vivement les bras lorsque l'air frais frappa la bande de peau nue exposée.

— Je crois que je vais monter, annonça-t-il. Tu restes encore un peu ?

— Non, je suis fatigué. Et le feu est en train de mourir. Inutile de remettre du bois si je vais bientôt me coucher.

Tandis qu'ils rejoignaient l'étage, la température chuta drastiquement et, dans la minuscule chambre qu'ils partageaient, leur souffle fut visible.

Ils trouvèrent un petit radiateur électrique dans un coin, sous la fenêtre.

— Je l'allume ? demanda Sam en s'accroupissant devant.

— Seigneur, oui. Il gèle ici.

Ryan fouilla dans son sac à la recherche d'une tenue confortable pour dormir. Il n'avait pas envie d'ôter trop de couches, mais c'était horrible de dormir dans un jean, alors il opta pour un bas de survêtement. Le reste de ses vêtements pouvait rester en place jusqu'à ce que le lit se soit réchauffé.

— Merde ! Ça marche pas.

Ryan se retourna et le vit toujours accroupi, tournant le cadran du radiateur.

— Laisse-moi essayer.

— Ryan, je sais comment allumer un radiateur électrique, bon sang. Ce n'est pas sorcier. Tu le branches, tu l'allumes. Il est foutu.

— Tu as essayé une autre prise ?

Ils en trouvèrent une autre dans le mur, derrière le lit de Sam, mais le radiateur resta désespérément froid et silencieux.

— Il y en a peut-être un autre dans l'autre chambre, suggéra Sam. Je vais aller voir.

Mais il revint les mains vides.

— Je n'en ai pas trouvé.

— Eh bien, nous utiliserons des tas de couvertures. J'en ai trouvé plusieurs dans la penderie.

Ils installèrent chacun plusieurs couvertures sur la couette, puis, chacun leur tour, ils gagnèrent la salle de bain tout aussi glaciale, avant d'éteindre et de grimper dans leur lit.

Les dents de Sam claquaient comme des castagnettes et Ryan eut du mal à uriner tant il tremblait. Serrer les mâchoires empêcha ses dents de faire autant de raffut que celles de Sam.

— Si je meurs d'hypothermie, je reviendrai te hanter, Jon, grommela Sam. Lui, son cottage glacé et son stupide radiateur cassé.

Ryan ricana.

— Je suis sûr que tu survivras.

Il remonta les couvertures au-dessus de sa tête, laissant son souffle réchauffer l'espace. D'après la voix étouffée de Sam, il avait probablement fait la même chose.

— J'aurais dû manger plus. Un repas copieux aurait aidé.

— Oui, bredouilla Ryan, qui commençait à avoir sommeil.

La bière faisait son effet, et même s'il avait encore froid, il sentait sa conscience dériver. Il ignora les marmonnements de Sam et se blottit sous les couvertures.

Il dut s'être endormi, car il fut réveillé – sans avoir la moindre idée de l'heure qu'il était – par un hurlement surnaturel provenant de l'extérieur.

— Qu'est-ce que c'était ? grogna-t-il, sortant la tête de dessous les couvertures afin de pouvoir écouter les bruits.

Seigneur, on aurait dit que quelqu'un se faisait assassiner dehors.

— Je pense que c'est une chouette effraie, murmura Sam, sa voix perçant la pénombre. C'est la première fois que tu l'entends ? Ça dure depuis un moment.

— Oui. J'ai dû m'endormir.

— J'imagine que oui, tu ronflais.

— Oh, désolé. Je t'ai réveillé ?

— Non. J'ai trop froid pour dormir.

— Merde !

Ryan était à présent tout à fait éveillé.

— Tu veux une de mes couvertures ? J'ai assez chaud maintenant.

— Je n'ai pas envie que tu attrapes froid.

Ryan réfléchit un instant. Puis, ignorant la petite voix dans sa tête qui lui disait que c'était une mauvaise idée, il dit :

— Viens par là.

— Hein ?

— Viens te coucher avec moi. Tu auras plus chaud qu'en dormant seul.

— Vraiment ?

Mais Ryan pouvait déjà entendre le lit de Sam craquer. Il n'allait clairement pas avoir besoin de beaucoup de persuasion.

— Bien sûr.

Ryan se décala pour lui faire de la place, tandis que Sam soulevait les couvertures et rampait près de lui.

— Tu es sûr que c'est bon ? Sinon, nous pourrions prendre le lit double.

— Non. Il nous faudrait une éternité avant de

réchauffer un autre lit. Tout va bien. Aïe ! grommela-t-il lorsque Sam lui donna un coup de genou dans la cuisse. Mais garde tes genoux osseux pour toi.

— Excuse-moi.

Sam se tourna sur le flanc, dos à lui.

Ils restèrent silencieux un long moment, mais Ryan pouvait toujours sentir Sam frissonner.

— Tu dois manger plus de tartes, souffla Ryan en roulant sur le côté, lovant son grand corps contre celui plus mince de Sam. Si tu avais plus de chair, tu n'aurais pas si froid.

Sam se crispa, puis se détendit contre lui.

— Tu sais que je mange comme quatre. Je suis naturellement maigre. Nous ne sommes pas tous des rugbymen baraqués, tu sais, rétorqua Sam d'une voix douce, d'où pointait un sourire.

— Ouais, ouais. Maintenant, ferme-la, que je puisse me rendormir.

Ryan leur remonta les couvertures jusqu'aux oreilles et se blottit contre Sam, passant un bras autour de lui, juste parce que c'était plus confortable comme ça. Il enfouit son nez dans les cheveux de sa nuque. Sam sentait bon, mélange de fumée de bois avec un soupçon de shampoing mentholée, mais surtout de peau chaude. Il était incroyablement bien lové contre Sam, maigre, osseux et d'une manière assurément masculine qui déclencha une étrange étincelle qui couva dans le ventre de Ryan. Repoussant fermement ces pensées, il ferma son esprit, se concentra sur sa respiration et attendit que le sommeil vienne l'emporter.

TROIS

Lorsque Sam se réveilla, la première chose dont il eut conscience fut du corps chaud enroulé autour de lui et de la respiration dans sa nuque.

Ryan.

Les souvenirs de la nuit précédente lui revinrent, remplissant ses entrailles d'une chaleur qui irradiait autant que le corps de Ryan dans son dos. Sam avait eu du mal à y croire lorsque Ryan avait suggéré qu'ils dorment ensemble. Il ne l'avait pas cherché, mais cela avait été parfaitement logique. Une fois Ryan pressé contre lui, il s'était réchauffé en quelques minutes – illuminé de l'intérieur comme de l'extérieur par la manière dont Ryan s'était lové contre lui.

Ses joues s'empourprèrent à ce souvenir, car la façon dont Ryan l'avait enlacé l'avait fait durcir, et il se sentait coupable des réactions de son corps. Ryan était son ami, mais Sam avait été incapable de réprimer sa réponse à ce contact. Ryan paniquerait certainement s'il découvrait qu'il lui avait donné une érection.

Sam soupira, réticent à l'idée de quitter l'étreinte de Ryan. C'était tellement bon d'être allongé dans ses bras et ce pourrait être son unique opportunité, alors il comptait en profiter tant que ça durerait. Sam était à nouveau dur, mais les érections matinales ne comptaient pas. Il pouvait prétendre que c'était purement psychologique, que ça n'avait rien à voir avec les lentes expirations de Ryan qui lui chatouillaient la nuque et le poids de sa main sur sa hanche.

Il resta immobile un long moment, somnolant et appréciant le contact, tandis que la lueur grisâtre du jour filtrait peu à peu à travers les rideaux. Puis Ryan remua et s'étira, se cambrant contre Sam, les rapprochant. Sam sentit l'indubitable pression de l'érection matinale de Ryan contre ses fesses. Le sexe de Sam se dressa encore plus en réponse immédiate. Son cœur tambourina à ses oreilles et ses joues le brûlèrent. Il se figea, s'attendant à ce que Ryan s'écarte, embarrassé. Mais Ryan marmonna quelque chose, de toute évidence toujours endormi – et ses doigts se resserrèrent sur sa hanche, l'attirant contre sa dureté.

La conscience de Sam l'emporta sur sa libido, car la situation serait affreusement gênante si Ryan se réveillait et réalisait qu'il se frottait contre lui pendant son sommeil. Se félicitant pour cet élan d'altruisme épique, il se libéra de l'étreinte de Ryan et bondit du lit comme s'il avait le feu aux fesses.

— Hum... qu'est-ce qui se passe ? bafouilla Ryan en s'étirant et en roulant sur le dos, ouvrant les yeux et les posant sur Sam.

— Rien. Je dois aller pisser.

Sam tira sur son tee-shirt pour masquer son traître de sexe, qui pointait en direction de Ryan tel une baguette de sourcier, et se détourna rapidement.

— Je reviens tout de suite.

Dans la salle de bain, la température glaciale calma assez vite ses ardeurs. Il se soulagea en frissonnant, tout en souhaitant s'être arrêté en chemin pour attraper son sweat à capuche.

Il leva les yeux vers la fenêtre en verre dépoli au-dessus de la cuvette. Il ne voyait pas grand-chose, mais le monde lui parut étrangement lumineux pour une heure si matinale.

Quand il eut fini, il revint dans la chambre et ouvrit les rideaux pour jeter un œil dehors, en dépit des protestations de Ryan.

— Grrr, *Saaaam* ! Mes yeux.

— Putain de merde !

Sam observa le paysage avec incrédulité. Les champs auparavant verdoyants derrière la maison étaient à présent couverts d'une épaisse couche de neige blanche.

— Quoi ?

Ryan bougea. Il se pressa dans son dos pour regarder à travers les rideaux par-dessus son épaule.

— Eh ben, merde ! Ça fait beaucoup de neige. Quelle profondeur il y a, selon toi ?

— Difficile à dire. Plusieurs centimètres, au moins.

— Allons regarder devant.

Ils descendirent et ouvrirent les volets, laissant l'étrange lueur surnaturelle se refléter sur la neige immaculée. Au vu de la quantité sur le toit de la voiture, ils purent constater que la couche était encore plus épaisse qu'ils ne l'imaginaient.

— C'était prévu par la météo ? demanda Sam.

— Comment le saurais-je ? Je n'ai pas pensé à regarder. Mais je ne crois pas. Nous en aurions sûrement entendu parler, s'ils avaient prévu autant de neige, non ?

— J'imagine, oui, soupira Sam, puis une pensée le frappa. Jon et Trina n'ont aucune chance de rouler jusqu'ici aujourd'hui. Même si les chutes ont été localisées, les routes seront mauvaises. Je doute qu'ils salent par ici. Nous ferions mieux d'essayer de le prévenir. Je vais l'appeler ou lui envoyer un SMS tout à l'heure.

— Eh bien, on dirait que ce sera juste toi et moi pour une autre nuit.

Le ton de Ryan ne révéla rien et lorsque Sam se hasarda à jeter un œil autour de lui, il se détourna et se dirigea vers la cheminée.

— Rallumons-la. Essayons de réchauffer un peu cet endroit, le rez-de-chaussée, au moins.

Sam s'éloigna de la fenêtre et alla s'asseoir sur le canapé, regardant Ryan préparer le feu et le ramener à la vie. La lueur orangée des flammes fit scintiller le visage de Ryan et son front se plissa de concentration alors qu'il ajoutait plus de bois jusqu'à ce qu'il prenne correctement. Sam eut envie de lisser ses rides du bout des doigts.

Il remonta ses genoux contre son torse et les enveloppa de ses bras, attendant avec impatience que la chaleur du feu arrive jusqu'à lui. Il se sentait coupable d'être excité à l'idée de passer une autre journée, et une autre nuit, seul avec Ryan. Il savait qu'il aurait dû être déçu que Jon et

Trina ne puissent pas les rejoindre, mais il n'était pas prêt à renoncer à la nouvelle intimité que ce lieu leur inspirait.

Dès que le feu flamba, ils se préparèrent des toasts et une tasse de thé, puis prirent leur petit déjeuner sur le canapé. Le salon se réchauffait rapidement, maintenant que la cheminée était allumée, mais elle ne semblait toutefois pas avoir le même effet sur le reste de la maison.

Quand ils eurent fini, ils débarrassèrent et firent leur vaisselle de la veille, puis remontèrent à l'étage pour s'habiller. Il faisait un froid polaire dans leur chambre, leur souffle visible tandis qu'ils se dépêchaient de troquer leur bas de survêtement pour un jean, avant de décider de garder le même tee-shirt.

— Je prendrai une douche plus tard, peut-être, songea Ryan.

Sam frissonna à la perspective de braver le froid de la salle de bain.

— Je ferais mieux d'aller téléphoner à Jon, annonça-t-il. Et voir à quoi ressemble la neige partout ailleurs. Tu viens ?

— Carrément ! répliqua Ryan. Je ne manquerai pas l'occasion de sortir jouer.

— Nous devrions probablement marcher jusqu'à l'épicerie et racheter des provisions. Nous n'avons pas assez en réserve pour une autre nuit.

— Oui, d'accord. Nous irons pendant que nous serons dehors.

Ils décidèrent de gravir d'abord la colline pour être certain de recevoir un signal.

— Encore un peu plus loin. C'est là que je suis allé, hier, suggéra Sam en vérifiant son écran. J'ai une barre, mais j'en avais trois près de cet arbre.

Ils progressèrent lentement. La neige faisait à peu près quinze centimètres d'épaisseur, passant par-dessus leurs chaussures, les obligeant à traîner les pieds. Le ciel était d'un bleu éclatant et la neige scintillait au soleil. Le vert des collines avait disparu, caché sous une épaisse couverture blanche qui s'étendait jusqu'aux sommets à l'horizon.

— Regarde ! s'exclama Ryan, le doigt pointé vers un rouge-gorge qui s'était posé dans une haie.

Son poitrail apportait une touche de couleur vive dans le monde monochrome qui les entourait.

Sam sourit.

— On dirait un décor de carte de Noël.

— Oui, c'est vrai.

Le petit oiseau gazouilla en les fixant d'un œil perçant avant de s'envoler dans un arbre. Le téléphone de Sam sonna. Il regarda son écran.

— Oh, ça y est ! Un message de Jon... et plusieurs de ma mère aussi.

Il les lut tout en continuant à marcher.

— Ouais. Jon dit qu'ils ne viendront pas. La neige est, je cite : « foutrement complètement dingue ». Il voulait essayer de venir quand même, mais sa mère s'est interposée et lui a confisqué ses clés.

Ryan ricana.

— C'est probablement mieux. Regarde ça !

Il mit délibérément le pied dans une congère au bord du chemin et s'y enfonça jusqu'au genou.

— Ma mère panique, marmonna Sam, les sourcils froncés, en lisant les messages qui défilaient à l'écran. Apparemment, d'autres chutes de neige sont prévues pour plus tard dans la journée. Elle s'inquiète du fait que nous rentrions demain.

Levant les yeux vers le ciel bleu et ensoleillé, Sam avait supposé qu'elle pourrait suffisamment fondre pour leur permettre de rejoindre la route principale. Mais il réalisa brusquement qu'il s'était peut-être montré un peu naïf. L'air était glacial, lui brûlant les poumons et engourdissant son nez. Il était impossible que cette neige fonde sous ces températures. Ils étaient à plusieurs kilomètres des routes susceptibles d'être salées et déneigées, et s'il y avait d'autres intempéries à venir, il ne parierait pas sur leurs chances d'y arriver. Demain, c'était le réveillon de Noël. S'ils ne pouvaient pas rentrer en voiture, c'était réglé. Ils passe-raient Noël au cottage.

Le sourire sur les lèvres de Ryan se fana.

— Merde, je n'avais pas pensé à ça. Nous pourrions être coincés ici pour plusieurs jours ?

— Oui.

Sam songea à la dinde rôtie, à toutes les décorations, le sapin, la chaussette usée et sale qui atterrissait toujours au pied de son lit à minuit pile chaque année – posée par son père même s'il était encore réveillé – et son estomac se contracta de déception. Il n'avait peut-être pas été folle-ment excité à la perspective de passer Noël en famille, mais maintenant, sachant ce qu'il allait rater, cette idée semblait infiniment plus attrayante.

— Ça craint.

— Merci, mec. Je t'aime aussi.

Sam leva les yeux de son téléphone et croisa le regard de Ryan, qui, malgré le sarcasme, brilla d'une lueur de tristesse.

— Tu sais que ce n'est pas ce que je voulais dire, crétin. C'est juste... tu sais. Le repas de Noël, les décorations, les cadeaux, tout ça. Ça ne va pas te manquer, à toi aussi ?

Ryan haussa les épaules.

— Pas vraiment. J'étais attendu chez mon père, tu te souviens ? J'aurais été la cinquième roue du carrosse, tandis qu'il roucoulerait avec Nicola. Toutes la dinde et la farce du monde n'auraient pas suffi à rendre ça amusant. Je n'ai jamais beaucoup aimé Noël depuis que mes parents se sont séparés. C'est toujours la merde de se trimbaler d'un endroit à un autre, de passer une partie de la journée avec l'un et le reste avec l'autre.

— Tu préfères manger des toasts tartinés de haricots avec moi ? plaisanta Sam, heureux de le voir sourire.

— Oui. Quelque chose comme ça.

— OK. Bon, si nous devons rester ici plus de deux nuits, nous avons besoin d'un plan. Nous devons contacter tout le monde et leur faire savoir ce qui se passe, puis redescendre à l'épicerie du village et faire des réserves.

Sam appela ses parents, tandis que Ryan s'entretenait avec son père. Puis ils contactèrent Jon depuis le téléphone de Sam, car il avait un meilleur signal, afin de s'assurer qu'ils pouvaient rester plus longtemps que prévu au cottage.

— Évidemment, imbéciles, retentit la voix métallique de Jon à travers le haut-parleur. Que comptez-vous faire sinon ? Construire un igloo ? Maman dit de faire comme chez vous. Servez-vous dans les placards de la cuisine, et le bois de chauffage se trouve dans la remise.

— D'accord, remercie-la pour nous, répondit Sam.

— Ce sera fait. Amusez-vous bien, les garçons.

— Merci, mec. Joyeux Noël.

— Vous aussi. On se voit à Brighton pour le Nouvel An.

La ligne fut coupée.

Sam et Ryan se regardèrent, une bulle d'excitation enfla et explosa dans la poitrine de Sam. Il ne put réprimer un éclat de rire.

— C'est dingue. Je n'arrive pas à croire que nous allons passer Noël ici.

Ryan lui sourit.

— Moi non plus. Mais si c'est le cas, nous ferions mieux d'aller faire des courses. Car peu importe l'endroit, même si je ne mange pas de dinde, j'ai l'intention de m'empiffrer jusqu'au coma. C'est la tradition.

— En route pour l'épicerie alors ?

— C'est parti.

◆

La clochette au-dessus de la porte tinta quand ils entrèrent dans la chaleur de la boutique du village.

— Bonjour ! les accueillit une voix féminine joyeuse, et Sam leva les yeux vers le sourire amical de la femme derrière le comptoir.

Lorsqu'il était venu, la veille, il avait été servi par une adolescente qui l'avait regardé avec curiosité, sans lui adresser la parole autrement que pour prendre son argent et lui rendre la monnaie.

— Où séjournez-vous, les garçons ? Nous n'avons pas beaucoup de touristes à cette époque de l'année.

— Bonjour, répondit Ryan avant que Sam ait eu la chance de le faire. Nous séjournons au *Hafan Dawel*.

Il prononça le nom du cottage avec maladresse, luttant avec les syllabes inhabituelles.

Elle hocha la tête.

— Ah ! Oui, je connais. Je suis ravie de voir cet endroit habité.

Elle les étudia, et Sam comprit qu'elle mourait d'envie d'apprendre plus de détails. Il lui fit donc ce plaisir.

— Les propriétaires sont les parents de notre ami. Il était censé nous rejoindre, mais nous sommes arrivés un jour plus tôt et maintenant, il ne peut plus venir à cause de la neige.

— Oh, je vois, souffla-t-elle en hochant la tête, les sourcils froncés. C'est mauvais, hein ? Je pense que personne n'entrera ou ne sortira du village avant plusieurs jours si la neige promise tombe ce soir, comme prévu. Heureusement que nous avons réceptionné une grosse livraison hier, car le camion ne pourra plus passer. Si vous achetez de la nourriture, faites le plein. Je serai vite à court de stock avec tous les gens qui ne pourront pas se rendre au supermarché.

— Merci pour l'avertissement, dit Ryan. Je parie que c'est bon pour les affaires, cependant.

— C'est vrai. Oh, et pour information, demain, je serai ouverte jusqu'à midi, mais je ferme pour le Réveillon et le jour de Noël.

Un homme se présenta à la caisse avec un panier plein de victuailles, interrompant leur conversation. Sam et Ryan saisirent l'occasion pour prendre un panier chacun et commencer à parcourir les rayons.

Ils finirent avec un étrange assortiment de nourriture, mais Sam était au moins convaincu qu'ils ne mourraient pas de faim durant les prochains jours. Ils avaient tant de choses à porter qu'il était impossible qu'ils puissent également ramener de la bière, alors ils se rabattirent sur des bouteilles de vin bon marché.

Sur le point de payer, Sam fut distrait par un étalage de décorations de Noël.

— Qu'est-ce que tu as trouvé ? demanda Ryan en venant voir.

Sam choisit une boîte de guirlandes lumineuses et plusieurs guirlandes rouges et or.

— Désolé, mais je refuse de fêter Noël sans décorations. Je vais les payer, par contre.

Il serra les dents, attendant les taquineries de Ryan. Celui-ci le dévisagea un long moment, puis ses lèvres s'ourlèrent en un petit sourire, comme s'il était incapable de le réprimer.

— Non, c'est bon. Ajoute-les au reste, nous partagerons.
Sam lui sourit.
— Merci.

La femme derrière le comptoir bavarda tout en enregistrant et rangeant leurs courses.

— Voilà qui devrait vous aider à tenir, les garçons. Vous restez pour Noël ?

— Maintenant, oui, répondit Ryan. Même si ce n'était pas notre intention, au départ.

— Oh, c'est triste. Je parie que vous manquerez à vos mamans.

Ryan grommela un truc incompréhensible, et Sam se précipita pour le sauver de ce moment gênant en changeant de sujet, l'interrogeant sur ses projets pour les fêtes. Au moment où elle eut fini de leur parler de ses deux filles et de leurs familles, qui vivaient suffisamment près pour venir réveillonner malgré le temps, ils avaient payé et étaient prêts à partir.

— Joyeux Noël, les salua-t-elle, alors qu'ils se chargeaient de sacs de courses.

— Merci. Joyeux Noël, répondirent-ils.

QUATRE

De retour au cottage, ils déballèrent leurs courses et firent sécher leurs chaussures devant le foyer tout en buvant une tasse de thé et dévorant un demi-paquet de gâteaux.

Sam installa les guirlandes lumineuses sur le manteau de la cheminée, les enroulant les unes autour des autres. Quand il les alluma, les ampoules multicolores projetèrent une belle lueur.

— Voilà. C'est mieux. C'est vraiment Noël maintenant.

C'était beau, Ryan devait l'admettre. Il ressentit le flottement réticent de l'esprit de Noël s'épanouir dans sa poitrine, comme un papillon humide tenterait de déployer ses ailes.

Sam le rejoignit sur le canapé et ils contemplèrent les flammes à présent bordées des lumières et de l'éclat des guirlandes.

— C'est bizarre de ne pas avoir de télé, avoua Ryan.

— Ou de Xbox.

Le manque d'autres choses sur lesquelles se focaliser signifiait que leurs conversations étaient parfois guindées, mais les silences entre les mots étaient assez confortables. Durant les pauses cependant, les pensées de Ryan dérivaient vers la nuit dernière. Il se souvenait de combien cela avait été bon de tenir Sam dans ses bras, et il était surpris de ne pas se sentir plus gêné à cette pensée. Il se demanda si Sam partagerait son lit cette nuit. Il l'espérait.

Ils ravivèrent le feu, et Sam s'installa pour lire un vieux roman d'Agatha Christie qu'il avait trouvé sur la commode, pendant que Ryan jouait une heure ou deux à un jeu sur son téléphone. Puis ils eurent de nouveau faim, et Ryan blâma le froid pour son envie constante de manger. Ils se réchauffèrent donc avec une soupe pour le déjeuner, qu'ils accompagnèrent de beaucoup de pain et de beurre.

Après leur repas, Ryan s'agita. En temps normal, il était une personne très active, alors être confiné dans ce cottage avait tendance à le rendre anxieux. Sam semblait être heureux de rester roulé en boule sur le canapé à lire, mais Ryan avait besoin de bouger.

— Je vais aller chercher du bois.

Les bûches dans le panier commençaient à manquer. Si celles de la remise étaient humides, il serait bien de les rentrer pour les faire sécher.

Sam releva le visage, ses cheveux tombant devant ses yeux.

— Besoin d'aide ?

— Non, ça va. J'ai juste besoin de m'occuper.

Sam sourit.

— On dirait un chien qui a besoin de courir.

Ryan ne chercha même pas à nier.

— Oui, et toi, tu es un paresseux. Certains d'entre nous aiment s'occuper.

— Va t'occuper. Je reste paresser ici. Mais je sortirai plus tard dans la neige.

◆

Ryan fut content de trouver une généreuse quantité de bûches rangées dans la remise. Trop grosses pour brûler en l'état, il trouva une hache et passa une bonne demi-heure à les fendre en morceaux plus adaptés au foyer. Quand il eut fini, ses épaules lui faisaient mal et il était en sueur. Il s'était débarrassé de son tee-shirt, qu'il avait noué autour de sa taille.

Il chargea le panier et le rentra à l'intérieur, pour trouver Sam somnolant sur le canapé. Il était allongé sur le dos, le livre ouvert sur son torse qui se levait et s'abaissait presque imperceptiblement à chaque respiration. Ryan en profita pour l'étudier durant de longues minutes. Une mèche de cheveux lui caressait la joue et les doigts de Ryan le démangeaient de la balayer et de sentir le chaume qui ombrait la mâchoire de Sam.

Au lieu de cela, il remua ses orteils contre ses côtes, jusqu'à ce que Sam se tortille.

— Connard ! grommela Sam en l'attrapant par la cheville et en tirant.

Ryan perdit l'équilibre et s'affala sur lui. Ils luttèrent un moment en riant.

— Tu écrases mon livre, grogna Sam en le poussant.

Ryan roula et tomba dans l'espace entre la table basse et le canapé.

— Aïe !

— Ça t'apprendra, espèce de brute !

Sam lui fit un sourire triomphant. Puis son regard descendit plus bas, et Ryan se rendit compte que son tee-shirt était remonté et dévoilait son ventre. Il était assez fier de ses abdos, ça ne le dérangeait habituellement pas de les afficher, mais la manière dont les yeux de Sam s'assombrirent lui donna atrocement chaud. Il se leva vivement, réalisant brusquement que le regard affamé de Sam l'avait fait durcir. *Bordel de merde !* Il ne survivrait pas à ces prochains jours sans que son ami remarque quelque chose. Une partie de lui avait envie que Sam comprenne, mais il était tiraillé. Quel impact cela aurait-il sur leur amitié ?

◆

Cet après-midi-là, ils traversèrent les champs près du cottage, où un sentier était balisé. La neige était intacte, à peine entachée à quelques endroits par des pattes de moutons. La plupart des animaux s'étaient regroupés près d'une grange, au bout de la vallée, à manger dans des auges plutôt que de tenter de paître.

Après coup, Sam nia avoir commencé.

Selon lui, il visait l'arbre derrière Ryan, pas Ryan lui-même. Quelle qu'ait été sa cible initiale, sa boule de neige frappa Ryan en pleine nuque, explosant sous l'impact et projetant de la poudreuse dans l'espace entre son bonnet et son col de manteau.

Après cela, ce fut le chaos. Les boules de neige volèrent de partout, tandis qu'ils couraient et esquivaient en riant et en se narguant. Ils se trouvaient dans un petit bosquet d'arbres et de buissons qui leur servaient de couverture, mais dès que l'un d'eux s'aventurait à la recherche d'un nouvel amas de neige nécessaire à la fabrication d'autres missiles, l'autre en profitait pour lancer une salve de projectiles.

Finalement, frustré par les étonnantes capacités de visée de Sam, Ryan fit appel à ses compétences en rugby et tacla Sam, l'étalant de tout son long dans la neige dans un « *omph !* ». Bien entendu, Ryan tomba avec lui. Mais à ce moment-là, il était déjà trempé et avait trop froid pour s'en soucier.

En pente, l'impact les fit rouler et dévaler la côte, jusqu'à ce que Ryan se demande s'ils n'allaient pas se transformer en boule de neige géante, comme des personnages de dessins animés. Ils finirent par s'arrêter, haletants, riant aux éclats.

Sam se retrouva coincé sous le corps de Ryan. Pendant la bataille, il avait perdu son bonnet et ses cheveux lui tombaient devant les yeux. Les cristaux de neige y étaient accrochés, étincelants sous le soleil. Son sourire était large et contagieux, et Ryan en fut émerveillé un court instant. Puis le regard de Sam se posa au-dessus de l'épaule de Ryan, fixé sur quelque chose au-dessus d'eux.

— Est-ce que c'est du gui ? demanda-t-il.

Ryan se redressa et lui offrit une main pour l'aider à se relever. Il renversa la tête et plissa les yeux, étudiant l'enchevêtrement sphérique de feuilles dans les branches nues de l'arbre qui les surplombait.

— On dirait.

Il croisa le regard de Sam, se rendant compte qu'ils se tenaient toujours la main. Ils portaient tous les deux des gants, mais Ryan aurait aimé qu'ils n'en aient pas. Il mourait d'envie de sentir la peau de Sam. Ils se dévisagèrent un long moment, et Sam se lécha les lèvres. Elles étaient rosies, un peu gercées par le froid, attirant irrémédiablement les yeux de Ryan. Son cœur rata un battement et une chaleur panique l'envahit.

Il lâcha la main de Sam comme si elle l'avait brûlé et recula vivement. Il crut apercevoir une lueur de déception dans le regard de Sam.

— Mes orteils sont engourdis et j'ai une demi-tonne de neige dans le dos de mon tee-shirt. Tu es prêt à rentrer ?

— Oui, soupira Sam.

Ils remontèrent péniblement la colline. Aucun d'eux ne parla avant d'être arrivés au cottage, tous deux perdus dans leurs pensées.

◆

— Putain, je suis gelé, grogna Ryan en frissonnant tandis qu'il ôtait ses vêtements trempés de neige.

Ils avaient rallumé le feu dès leur retour et étendaient leurs affaires sur le pare-feu afin de les faire sécher.

Ils étaient en boxer, seul bout de tissu resté sec, après cette bataille de boules de neige et cette roulade. Ryan ne put s'empêcher d'admirer la grâce du corps mince à moitié nu de Sam. Sa peau était incroyablement pâle et ses tétons étaient d'un rose sombre, petits et dressés par le froid. Ryan aperçut une touffe de poils roux sous ses aisselles quand Sam leva le bras pour repousser ses cheveux humides de son visage. Un chemin assorti courait de son nombril au renflement caché sous ce boxer à motifs brillants. Les yeux de Ryan y restèrent scotchés, sans pouvoir s'en empêcher.

— Tu aimes mes cloches de Noël ?

Ryan ramena vivement son attention sur l'expression amusée de Sam.

— Hein ?

Sa bouche était sèche, il était sûr que son visage avait pris une jolie teinte cramoisie à l'idée d'avoir été surpris en train de fixer les parties intimes de son meilleur ami.

— Mon boxer de Noël.

Sam désigna son entrejambe, alors Ryan s'autorisa à baisser de nouveau les yeux. Un peu tardivement, il remarqua que le sous-vêtement était d'un rouge vif, orné de paires de cloches jaunes, attachées ensemble par un ruban vert.

— Oh, oui, répondit-il, tentant de conserver une voix aussi normale que possible, mais cela ressembla plus à un couinement. Très festif, mec.

— C'est la faute de ma sœur. Elle me les a achetés l'année dernière pour me faire une blague, mais je les trouve mignons.

Sam se retourna pour raviver le feu. La courbure de son postérieur et la longueur de ses jambes pâles furent distrayantes.

Beaucoup trop mignon, songea Ryan. Il se força à détourner les yeux.

— OK. Je vais aller prendre une douche.

Il avait probablement besoin de la prendre froide.

— Je vais monter chercher des vêtements secs pour me changer.

Sam le suivit dans les escaliers et, durant tout le trajet, Ryan se demanda si Sam matait ses fesses comme il avait maté les siennes un peu avant. Sam était gay, il devait sûrement remarquer les culs des autres mecs, même sans y penser. Tout comme les hétéros reluquaient tout le temps la poitrine des filles. Sam pouvait-il être intéressé ?

Ryan rumina tandis qu'il se frottait rapidement dans la cabine de douche exiguë sous l'eau pas assez chaude. La façon dont Sam l'avait regardé plusieurs fois au cours de ces derniers jours lui faisait se poser des questions. Et ce moment étrange et excitant sous le gui... durant de longues secondes entêtantes, il avait cru que Sam allait l'embrasser. Mais, bien entendu, Sam pensait qu'il était hétéro, il ne serait pas passé à l'action. Si Ryan souhaitait qu'il se passe quelque chose entre eux, et il commençait à croire que c'était peut-être le cas, il devrait faire le premier pas, dire... ou faire un truc.

Quand il sortit de la douche, il trouva Sam dans leur chambre, habillé, en train d'enfiler ses chaussettes. La cheminée du rez-de-chaussée ne faisait rien pour réchauffer la température de cette pièce. Ryan frissonna lorsqu'une goutte d'eau dévala le long de son cou.

— Seigneur, il fait un froid polaire ici.

Sam releva la tête. Ryan sentit ses joues s'empourprer lorsque les yeux de Sam errèrent sur son ventre et son torse avant de croiser finalement les siens. *Elle est de nouveau là.* Cette lueur dans le regard de Sam qu'il n'avait jamais remarquée avant.

— Est-ce que l'autre chambre serait plus chaude ? demanda Sam en reportant son attention sur ses chaussettes. Elle est au-dessus du salon, non de la cuisine.

Ryan s'accroupit pour fouiller dans son sac à la recherche d'un sous-vêtement propre.

— Oui, c'est possible. Le conduit de cheminée traverse

la pièce, il doit diffuser un peu de la chaleur du rez-de-chaussée.

Il se redressa et essaya, mais échoua, de ne pas se sentir gêné quand il fit tomber la serviette pour passer en hâte son boxer, se demandant si Sam le regardait.

— Nous devrions peut-être dormir là-bas, ce soir, suggéra Sam. Si ça ne te dérange pas de dormir avec moi.

— Non, répondit Ryan en continuant à s'habiller, cachant son sourire dans son tee-shirt en le passant par-dessus sa tête.

— C'est logique, poursuivit Sam, semblant croire qu'il avait besoin d'être convaincu. Inutile d'avoir froid. C'est comme les pingouins, non ? Ils se blottissent les un contre les autres, ou peu importe comment on appelle ça.

— Sam, ça ne me dérange pas. Tu ne ronfles pas. Ça me va. C'est une bonne idée.

Lorsqu'il tourna la tête vers Sam, il ajustait le bout de ses chaussettes, évitant son regard. Mais ses joues étaient rouges et un soupçon de sourire étirait discrètement ses lèvres.

◆

Ce soir-là, ils finirent un peu pompette à cause du vin bon marché. Repus par leur dîner tout droit sorti de boîtes de conserve, ils s'attardèrent dans le salon, devant la chemi-née, vidant une bouteille et demie de vin tout en jouant au backgammon.

Cette fois, la compétition fut moins féroce. Après tout, le backgammon était plus un jeu de chance que de compé-tences. Néanmoins, ils se charrièrent, prenant une grande satisfaction à sortir les pions de l'autre ou les bloquer quand ils essayaient de les reposer sur le plateau.

Quand ils se lassèrent, ils prirent place à l'opposé du canapé, mais comme c'était un petit deux places, leurs jambes étaient pressées l'une contre l'autre, les orteils de Sam coincés contre la hanche de Ryan et vice-versa. Leurs verres de vin finis, Ryan était agréablement enivré. Une plaisante chaleur le remplit quand il regarda autour de lui. L'ambiance était cosy, la pièce éclairée par la lueur tamisée d'une lampe dans un coin. Le feu craquait et, en inspirant, il sentit l'odeur de fumée qui imprégnait le cottage.

Sam remua les orteils, et Ryan les attrapa.

— Arrête de gesticuler.

— Ils sont gelés, se plaignit Sam. Je tente de faire repartir la circulation.

— Même avec deux paires de chaussettes ?

Sam haussa les épaules.

— Ils ne se sont jamais réchauffés après avoir été mouillés par la neige. C'est bon. Continue.

Ryan n'avait même pas remarqué qu'il avait commencé à frotter les pieds de Sam, toutefois il continua, essayant de les réchauffer de ses mains. Il pouvait sentir combien ils étaient froids, même à travers le coton. Sam soupira et se réinstalla, un sourire béat aux lèvres.

Plus tard ce soir-là, ils se couchèrent ensemble dans le lit double. Ce fut beaucoup plus confortable que la veille, moins à l'étroit, évidemment. Mais, malgré la place supplémentaire, ils se lovèrent l'un contre l'autre.

— Le but est de nous tenir chaud, non ? dit Sam tandis qu'il se calait en petite cuillère contre le dos de Ryan.

Il ne répondit pas. Il se contenta de lui prendre la main et de la draper sur sa taille. Sam se rapprocha, sa respiration chatouillant les cheveux de sa nuque, le faisant frissonner.

— Tu as froid ? lui demanda Sam.

— Je me réchauffe maintenant.

Avoir Sam si près réchauffait Ryan de bien des manières. Enhardi par l'alcool et une bouffée d'affection, les mots lui échappèrent avant qu'il ait eu le temps de réfléchir et de se dire que c'était une très mauvaise idée.

— J'avais envie de t'embrasser, tout à l'heure. Tu sais... sous le gui.

Son cœur s'emballa tandis qu'il attendait la réponse de Sam. Il y eut une longue pause, et l'espace d'un instant, Ryan se demanda si Sam s'était endormi avant lui. Il ne sut pas s'il en était soulagé ou déçu.

Mais Sam finit par chuchoter :

— Moi aussi.

Le silence régna de nouveau, uniquement brisé par leurs respirations et le hululement d'un hibou dehors. Son cœur battait la chamade. Oserait-il se retourner et embrasser Sam ? Que se passerait-il s'il le faisait ? Mais le courage lui manqua et plus il attendit, plus il craignit les conséquences. Et le moment passa.

Son rythme cardiaque affolé ralentit, alors que la fatigue et le vin rouge l'emportaient sur la terreur et l'engouement, et il s'endormit, se maudissant d'avoir raté l'occasion parfaite de faire le premier pas.

CINQ

Sam resta éveillé bien longtemps après que la respiration de Ryan soit devenue lente et régulière. Les mots de Ryan l'avaient laissé sous le choc. Peut-être était-ce l'alcool qui avait parlé, mais quand même. Les hétéros n'admettaient généralement pas avoir eu envie d'embrasser leur meilleur ami gay, simplement parce qu'ils étaient un peu éméchés. D'après son expérience, l'alcool déliait les langues, mais ne faisait dire que des vérités et peut-être avouer des trucs que vous auriez en temps normal gardés pour vous.

À ce moment-là, juste après l'aveu de Ryan et sa réponse, Sam avait été si sûr que quelque chose allait se produire. Il avait pu sentir cette tension entre eux, comme une force physique. Prêt, il avait attendu que Ryan roule vers lui et fasse de cette idée de baiser une réalité.

Mais ça n'était pas arrivé.

Sam savait que si leur amitié devait changer pour quelque chose de plus, ça devrait venir de Ryan. Sam le désirait depuis si longtemps, toutefois il ne pousserait jamais Ryan à faire un truc qu'il regretterait. Il ne supportait pas l'idée que les choses deviennent gênantes entre eux et la douleur d'un rejet de la part de Ryan serait trop difficile à endurer. Se languir de son inaccessible ami hétérosexuel était déjà suffisamment moche, pourtant il avait trouvé un moyen de le gérer. Après tout, il avait survécu. Mais merder et perdre l'amitié de Ryan pour une expérience sexuelle était tout autre chose.

Cependant, il mourait d'envie de savoir. Ryan était-il gay ? Bi ? Ou juste curieux ? Si Sam voulait des réponses, il allait devoir lui poser les questions.

Peut-être le ferait-il.

Demain.

◆

Sam avait songé à aborder le sujet au petit déjeuner, mais Ryan avait été plutôt taciturne. Il avait dormi plus longtemps que Sam, se levant difficilement vers dix heures trente, alors que Sam en était déjà à sa deuxième tasse de café.

Ryan avait grommelé ce qui avait ressemblé à un bonjour quand il était passé devant lui dans la cuisine.

Quand il avait émergé, après une tasse de thé et des toasts, il s'était laissé tomber dans le fauteuil, au lieu de sa place habituelle, près de lui, sur le canapé.

— Han, mon crâne, se plaignit-il, les sourcils froncés. Combien de verres de vin avons-nous bus, hier soir, bon sang ? Avons-nous fini les deux bouteilles ?

Sam hocha la tête.

— Plus ou moins. Je pense qu'il en reste un fond dans une. Tu te sens bien ?

Lui ne se sentait pas trop mal. Un peu déshydraté, au début, mais il allait déjà nettement mieux. Il fut surpris que Ryan ait l'air de souffrir.

— Je me souviens à peine d'être allé me coucher, marmonna Ryan en enroulant les mains autour de sa tasse, soufflant sur la fumée qui s'en échappait.

Le cœur de Sam sombra et une étincelle d'irritation flamba. C'était donc à cela que Ryan jouait ? Il ne croyait pas un seul instant que Ryan ne se souvenait pas de ce qu'il avait dit. Il était sûr qu'il ne s'en rappelait que trop bien et, visiblement, il paniquait.

— Vraiment ? pouffa-t-il, résistant à l'envie de lever les yeux au ciel. Tu ne me semblais pas aller si mal que ça.

Le visage de Ryan prit une inconfortable teinte de rose.

— Ouais. Je ne sais pas. J'étais un peu ivre, je pense.

Se remémorant à quoi ressemblait une crise existentielle gay, Sam éprouva une certaine compassion pour Ryan, bien qu'il soit énervé contre lui d'être aussi lâche.

— Petit joueur, se moqua-t-il, jouant le jeu pour détendre l'atmosphère, avant de changer de sujet. Il a neigé cette nuit. Pas beaucoup, environ trois centimètres.

— Mince ! Je me demande combien de temps nous allons rester coincés ici.

— Ma mère pense que ça commencera à dégeler après Noël. Il fera plus chaud. Nous devrions pouvoir rentrer vers le vingt-sept, au plus tard.

◆

Dans l'après-midi, ils s'aventurèrent à l'extérieur.

La neige craquait sous leurs pieds, là où elle avait fondu

et regelé, laissant des plaques de glace sur la route. Ils quittèrent le sentier dès que possible et marchèrent à travers champs. Un chemin différent les emmena jusqu'à la crête d'une colline, puis ils descendirent dans la vallée où ils étaient déjà allés la veille. Aujourd'hui, des moutons vagabondaient sur les pentes, creusant la neige pour atteindre l'herbe en dessous. Ils levèrent la tête en les entendant approcher, les observant avec méfiance, s'éloignant rapidement quand ils approchèrent de trop près.

— Leurs yeux sont si étranges, dit Sam. Ils me fichent la chair de poule.

Alors qu'ils descendaient vers la vallée, Sam se rendit compte que c'était cette partie des champs qu'ils avaient dévalée la veille, depuis la direction opposée. Il pouvait voir les traces persistantes qu'ils avaient laissées dans la neige, malgré celle qui était tombée durant la nuit.

Un oiseau gazouilla, et Sam leva les yeux, cherchant à le repérer, mais il fut distrait en apercevant des glaçons suspendus aux branches, étincelants comme des éclats de cristal au soleil.

— Regarde !

Ryan suivit son regard et sourit.

— Oh, waouh ! C'est magnifique.

— Oui.

Ils contemplèrent un instant ce spectacle, fascinés par sa rareté. Vivant dans le sud de l'Angleterre, ils avaient grandi avec des Noëls plutôt verts et gris que blancs. Même durant les mois plus froids de janvier et de février, la neige était rare, là où ils vivaient. Puis l'oiseau, un rouge-gorge, chanta de nouveau, sautant de branche en branche, pour finalement se poser sur la même boule de gui que la veille, presque à l'endroit exact où ils se tenaient.

L'estomac de Sam se contracta, et il détourna brusquement les yeux des feuilles persistantes et des petites baies blanches. Ryan le fixait, avec une expression étrange sur le visage. Il semblait presque effrayé. Sam fit mine de se retourner, mais Ryan l'arrêta d'une main sur l'épaule.

— Tu te souviens de ce que je t'ai dit hier soir ?

Sam hocha la tête, la gorge serrée.

— Je croyais que tu ne te rappelais de rien à cause de tout le vin que tu avais bu, le défia-t-il.

— J'ai menti, chuchota Ryan en resserrant sa prise, son pouce s'enfonçant dans sa clavicule à travers son manteau. J'étais peut-être un peu ivre, mais je me souviens exactement de ce que j'ai dit. Et je le pensais.

Sam déglutit, puis releva le menton avant d'énoncer clairement :

— Eh bien, vas-y.

Il ne se serait jamais attendu à ce que Ryan le fasse. Mais il le fit.

Ce ne fut pas un baiser parfait. Il fut désordonné, un peu maladroit, leurs lèvres accrochant là où elles étaient sèches et gercées par le froid. Au début, Ryan fut hésitant, reculant presque au premier effleurement, mais Sam posa la paume sur sa nuque, le maintenant en place, entrouvrant les lèvres pour l'encourager. Ryan émit un bruit étouffé qui ressembla à une approbation. Quoi que ce soit, cela suffit à Sam, qui s'approcha, enroulant son autre bras autour de la taille de Ryan. Celui-ci prit son visage en coupe de ses mains gantées, froides et humides. Sam y prêta à peine attention, trop perdu dans la douce intensité de leur baiser pour s'en soucier.

Une série de miaulements se fit entendre d'un buisson de houx à proximité, interrompant brutalement cet instant mémorable.

Sam s'écarta pour respirer, notant avec satisfaction que Ryan avait l'air hébété.

— Qu'est-ce que c'était ? demanda Ryan.

Sam se fichait de ce qui avait fait ce bruit, s'embrasser était plus important. Il attrapa Ryan par le col, l'attirant pour en avoir plus.

Mais les miaulements reprirent, cette fois plus forts et plus insistants.

Sam jura silencieusement, tentant de ne pas avoir l'air trop boudeur lorsque Ryan s'éloigna en direction du buisson, séparant prudemment les feuilles afin de pouvoir voir dedans.

Sam le suivit, les lèvres le picotant et son cœur martelant sa poitrine.

— Regarde ! dit Ryan.

Des yeux vert clair furent la première chose que vit Sam, puis une patte blanche sur un chat autrement tout noir.

— Là, tout près du tronc. Tu le vois ?

— Oui.

Maudite bestiole, songea Sam. *N'aurait-il pas pu se taire quelques minutes de plus ?*

Le chat miaula et se précipita vers eux à travers les branchages. Ryan l'attrapa le premier, jurant lorsque les épines percèrent ses manches et ses gants. Le chat — chaton ? difficile à dire, il avait cette démarche dégingandée de l'animal n'ayant pas fini de grandir – remua, clairement nerveux, alors que son sauveur fredonnait et le caressait.

— Chut. Tout va bien, je te tiens. Qu'est-ce que tu fais ici ? Ce n'est pas un bon endroit pour un chat. Un jour tel que celui-ci, tu devrais être roulé en boule, à l'intérieur.

Le chat miaula, mais cela sembla être un bruit plus conversationnel que paniqué.

— Oh, comme tu es beau !

Ryan le chatouilla sous le menton, et le chat renversa la tête en arrière en ronronnant. Sam le fusilla du regard, tentant de repousser la ridicule pointe de jalousie qu'il ressentait envers l'animal pour avoir détourné l'attention de Ryan de lui.

— Que diable allons-nous faire de lui ? grommela-t-il.

— Je suppose que nous devrions essayer de retrouver son propriétaire, répondit Ryan en regardant autour de lui. Normalement, les territoires des chats ne sont pas très étendus. Il doit vivre à proximité.

Le chat n'avait pas de collier qui leur aurait donné un indice.

— La seule autre maison est celle en haut de la route, près de la nôtre, indiqua Sam en désignant le toit en ardoise visible à l'horizon.

De la fumée s'échappait de la cheminée, elle était donc manifestement habitée.

— Eh bien, c'est un bon point de départ. Même s'il n'y habite pas, si ce sont des gens du coin, ils le reconnaîtront peut-être.

Ils gravirent péniblement la colline, le chat confortablement niché dans les bras de Ryan. Lorsque Sam tourna la tête vers lui, le félin le regarda avec une expression de satisfaction suffisante.

Sam eut envie d'interroger Ryan au sujet du baiser, de ce qu'il signifiait, s'il en désirait d'autres. Mais Ryan était entièrement focalisé sur le chat, lui murmurant de douces paroles et le caressant tout en marchant. Comme si ce baiser n'avait jamais existé. Ryan aurait peut-être souhaité que ce soit le cas. Peut-être regrettait-il déjà ce moment de bi-curiosité. L'estomac de Sam était contracté à cause du stress, tandis que les questions et les interrogations s'entre-choquaient dans sa tête.

Sam frappa à la porte du cottage.

Le chat se mit à gesticuler dans les bras de Ryan, poussant des miaulements, mais Ryan resserra sa prise.

— Non, non, mon pote. Attends que nous soyons sûrs que c'est là que tu vis. Je n'ai pas envie que tu t'enfuies à nouveau et que tu te perdes.

La porte finit par s'ouvrir, et une vieille dame passa la tête dans l'entrebâillement. Elle fronça les sourcils de confusion en avisant les deux jeunes hommes sur son seuil, puis le chat miaula, un son bruyant et insistant, et son visage se fendit d'un sourire quand elle aperçut la petite créature qui tentait d'échapper à Ryan.

— Oh, vous m'avez ramené Nerys ! J'étais si inquiète pour elle !

Ryan lâcha le chat, qui entra droit dans la maison, sans s'arrêter pour saluer sa maîtresse ravie.

— Elle doit être affamée, gloussa-t-elle. Directement à la gamelle. Petite emmerdeuse.

Sam ravala un petit rire en entendant son langage. Les

jurons étaient inattendus dans la bouche d'une vieille dame.

— Nous l'avons trouvée au bas de la vallée, par là-bas, indiqua Ryan, le doigt pointé dans la bonne direction. Cachée près d'un arbre. Elle était partie depuis longtemps ?

— Je ne l'ai pas vue de toute la journée, hier. Je pense qu'elle devait être dehors quand la neige est tombée, la nuit d'avant. Je serais bien allée à sa recherche, mais je ne pouvais pas prendre le risque de tomber, pas en ce moment.

Sam remarqua qu'elle s'appuyait sur une canne.

— Je suis content que nous l'ayons retrouvée pour vous, Madame... madame.

— Je suis madame Evans, mon chou, mais tu peux m'appeler Mari. Mais où ai-je la tête, en vous laissant sur le pas de la porte par un temps pareil ? Entrez une minute. Je vais vous préparer une tasse de thé. Vous devez avoir froid.

Ils tentèrent de protester, mais elle se montra très insistante.

— Non, non, vraiment. Je ne vois pas beaucoup de monde et j'ai une bûche qui attend d'être mangée. Je l'ai achetée, car je devais recevoir des invités pour Noël, mais ils ne viendront finalement pas. C'est vraiment dommage. Dépêchez-vous et fermez derrière vous. Je vais mettre la bouilloire à chauffer.

Elle s'était déjà retournée et s'éloignait d'un pas déterminé, bien qu'appuyée sur sa canne. Sam jeta un regard à Ryan, qui haussa les épaules.

— Tu as entendu la dame, chuchota-t-il. Je crois qu'elle n'acceptera pas un non comme réponse.

Sam soupira. Il aurait préféré se retrouver seul avec

Ryan, afin de pouvoir lui demander ce que ce baiser signifiait – s'il signifiait même quelque chose.

— OK.

Ils entrèrent, ôtant leurs chaussures et les laissant près de la porte.

— Bonté divine ! siffla Ryan. Regarde-moi tous ces chats !

Un coup d'œil au salon révéla des occupants à fourrure sur presque toutes les surfaces disponibles. Deux se partageaient le canapé, un autre était installé sur le rocking-chair. Un félin couleur écaille de tortue avait un accoudoir pour lui tout seul, tandis qu'un siamois était perché dans une position de sphinx sur une des chaises de la table à manger. Enfin, un gros chat roux était étalé sur le tapis devant la cheminée.

Suivant les bruits de la bouilloire électrique et les cliquetis de la vaisselle, Sam et Ryan se dirigèrent vers la cuisine, où ils trouvèrent Nerys en train de dévorer avec voracité le contenu de l'une des nombreuses gamelles posées par terre. Un autre chat, noir et blanc celui-ci, était assis sur le plan de travail et les observait d'un œil suspect.

Mme Evans – Mari – coupait avec soin et disposait d'épaisses parts de bûche, qui semblait délicieuse, sur un plat en forme de saule. Le glaçage au chocolat coula quand elle le découpa, et Sam saliva à cette vue. Pendant ce temps, la bouilloire se mit à siffler, embrumant la cuisine de vapeur.

— Pouvons-nous vous aider ? offrit Ryan.

— Oh, merci, mon chou. Verse l'eau dans la casserole, veux-tu ?

Se sentant mis à l'écart tandis que Ryan versait l'eau,

Sam s'approcha du chat noir et blanc, faisant des petits bruits de bouche et lui proposant sa main. Le chat se redressa, la renifla, puis y frotta sa truffe, quémandant des caresses.

— Ah, elle est câline, celle-ci, dit Mari. C'est Meg, la maman de Nerys.

Elle commença à assembler les assiettes, les tasses et les soucoupes, puis s'adressa à Ryan :

— Pose la théière ici, et il y a une cruche de lait dans le frigo, peux-tu la sortir ? Et porter le plateau ? Je n'ai qu'une main de libre avec cette satanée canne.

Elle récupéra le plat de bûche et retourna dans le salon.

— Asseyez-vous. N'hésitez pas à déplacer les chats, mais si vous aimez les avoir sur les genoux, la plupart adorent ça.

Sam décida que la grosse boule grise duveteuse à un bout du canapé semblait docile. Il la souleva. Elle ronronna quand il la posa sur ses genoux, alors il se mit à la caresser, espérant qu'elle reste.

Ryan prit place de l'autre côté du canapé, mais le chat tigré refusa ses genoux, choisissant de se caler entre eux avec un air mécontent.

— Maintenant, présentez-vous, lança Mari, une fois assise sur le fauteuil, le félin écailles de tortue sur les genoux. Je n'ai même pas pensé à vous demander vos prénoms.

SIX

Ryan laissa Sam faire la conversation, tandis que Mari versait le thé d'une main tremblante et déposait deux parts de bûche sur une assiette. Sam les présenta et expliqua les raisons de leur séjour.

— Ah oui, c'est agréable de voir cet endroit habité, dit Mari. Ce doit être un dépaysement pour vous ?

— Oui. Nous vivons tous les deux en ville. C'est très différent d'être ici.

— C'est un vrai havre de paix. C'est ce que signifie le nom du cottage, vous savez, ajouta-t-elle, notant le froncement de sourcils confus de Sam. Hafan Dawel : Havre de paix.

— Je ne le savais pas. C'est génial. Et, oui, c'est un peu différent de ce à quoi nous sommes habitués.

Ryan décrocha de ce bavardage, son esprit dérivant vers les souvenirs de son baiser avec Sam.

Il se demanda ce qui se serait passé si Nerys ne les avait pas interrompus. Peut-être seraient-ils encore là-bas, à s'embrasser dans la neige. Peut-être seraient-ils retournés au chalet et auraient-ils repris là où ils s'étaient arrêtés. Il tenta d'observer Sam subrepticement, mourant d'envie de savoir ce qu'il pensait de tout ça.

Il fut sorti de ses rêveries lorsque Mari lui tendit une tasse de thé.

— Oh, merci.

Il équilibra la soucoupe sur l'accoudoir du canapé et manqua de tout renverser quand Nerys lui sauta sur les genoux.

— Ah, regardez-la. Elle te reconnaît, s'extasia Mari en hochant la tête, la mine approbatrice. Elle sait qui sont ses amis.

Ryan tenta de ne pas grimacer en décrochant les griffes aussi pointues que des aiguilles de Nerys de son jean, là où elle pétrissait sa cuisse. Elle finit par tourner en rond plusieurs fois et se rouler en boule sur son entrejambe. Ryan pria pour qu'elle garde ses griffes pour elle.

— Combien de chats avez-vous ? demanda Sam.

Tandis que la discussion reprenait avec Mari babillant au sujet de ses huit chats, de leurs noms, de leurs liens de parenté et de leurs habitudes, l'esprit de Ryan le ramena à leur baiser.

Son cœur avait failli exploser dans sa poitrine lorsqu'il avait enfin posé ses lèvres sur celles de Sam. Ça avait été si parfaitement juste. Il se demanda comment cela aurait fini, quels mots auraient été échangés. Mais la soudaine apparition de Nerys l'avait arraché à l'instant. Il se dit qu'il aurait peut-être dû aborder le sujet après coup, mais n'ayant aucune idée de ce qu'il fallait dire, le chat avait offert une parfaite distraction et une excuse pour feindre que rien ne s'était produit.

Il dévisagea Sam qui bavardait avec Mari, admirant les expressions changeantes qui flottaient sur ses traits anguleux, les mouvements rapides de ses mains dont il se servait pour souligner un point, la courbure de ses lèvres quand il souriait. La poitrine de Ryan se gonfla et se réchauffa, et il eut du mal à réprimer le sourire qui menaçait d'étirer ses lèvres alors qu'il contemplait Sam. Lorsqu'il posa les yeux sur Mari, il la surprit en train de l'étudier. Il rougit et reporta son attention sur le chat sur ses genoux.

— Nos amis n'ont donc pas pu venir à cause de la neige, expliquait Sam.

— Oh, je pensais qu'il n'y avait que vous deux. Que vous souhaitiez un peu de temps seuls... un séjour romantique, quoi.

Ryan lança un bref regard à Sam. Il s'empourpra à la supposition de Mari, mais Sam réprima un sourire, dissimulant son amusement.

— Non, nous étions censés être quatre, l'informa-t-il. Mais les autres n'ont pas pu arriver avant la neige.

— C'est bien dommage.

Mari scruta Ryan d'un air bien trop entendu à son goût.

— Maintenant, vous êtes coincés ici ?

— Oui, répondit Ryan, se reprenant et se joignant à la conversation.

Ce n'était pas juste de laisser Sam faire tout le travail.

— Qu'allez-vous manger pour le repas de Noël ? demanda Mari, l'inquiétude gravée sur son visage.

— Le plus proche d'une dinde que nous ayons trouvé à

l'épicerie de la ville sont des nuggets de poulet, lui apprit Sam. Avec des chips à la place des pommes de terre rôties et des petits pois surgelés.

— Oh non, ça n'arrivera jamais, s'exclama Mari en secouant la tête, un authentique froncement de sourcils plissant son front. Vous savez quoi ? Je pense que Nerys nous a tous rendu service. Parce que j'ai le problème contraire à vous : une maison pleine de nourriture et personne avec qui la partager. Toutes mes courses avaient déjà été livrées avant les chutes de neige, et je ne pourrai jamais manger tout ça seule. Seigneur, avec mon arthrite, je ne peux même pas soulever cette maudite dinde pour la mettre au four. Que diriez-vous de venir demain dans la matinée pour m'aider à cuisiner, puis nous mangerons ensemble le repas de Noël ? Qu'en pensez-vous ?

Son visage s'illumina à cette suggestion, et Ryan discerna la jeune femme qu'elle avait été, l'enthousiasme chassant les ans et faisant pétiller ses yeux.

Sam se tourna vers lui, les sourcils haussés.

— Nous aimerions beaucoup, assura Ryan. N'est-ce pas, Sam ? Si tu es d'accord.

Sam hocha la tête, et Ryan lui sourit. Le plaisir de Mari fut évident.

— Je ne supporte pas de voir de la bonne nourriture gâchée.

Ils établirent un programme pour la journée du lendemain tout en finissant leur thé et leur bûche. Puis Mari commença à parler de sa fille, incitée par une question de Sam.

— Non, elle n'habite pas très loin. Juste en bas de la

vallée, près de Monmouth, avec sa femme et leur petit garçon.

— Sa... femme ? bredouilla Ryan, certain d'avoir mal entendu.

— Oui, trésor, elle est lesbienne. Elles se sont mariées il y a plusieurs mois. C'est légal maintenant, tu sais. Elles sont ensemble depuis dix ans, il était plus que temps. Il y a une photo d'elles sur le manteau de cheminée. Regarde, mon petit David était leur garçon d'honneur.

Ryan contempla la photo des deux femmes. Leurs robes étaient les mêmes, bien qu'avec deux teintes de pourpre différentes. Elles étaient enlacées et rayonnaient face à l'objectif. Devant elles se tenait un petit garçon d'environ six ou sept ans, vêtu d'un costume bleu foncé.

— C'est dommage qu'elles ne puissent pas venir pour Noël, murmura Sam avec sympathie. Les verrez-vous pour la nouvelle année à la place ?

— Non, elles rendront visite à la famille de Belinda, ma belle-fille, mais je suis sûre que je les verrai bientôt. Généralement, elles viennent me voir toutes les deux semaines. C'est comme ça depuis que mon Bill est mort. Elles gardent un œil sur moi, vous voyez.

Quand ils eurent fini leur thé et leur gâteau, ils débarrassèrent pour Mari. Ryan offrit de laver les assiettes, mais elle les chassa de la cuisine.

— Inutile, mon garçon. J'y arriverai très bien. Plonger mes mains dans l'eau chaude me réchauffera un peu.

— D'accord, eh bien, merci, Madame... Mari, se reprit Ryan. À demain.

— J'en suis ravi. Venez vers midi m'aider à fourrer le volatile dans le four, voulez-vous ?

Ils se dirent au revoir et sortirent dans le froid.

◆

Il faisait noir dehors, alors qu'ils marchaient dans la ruelle, peinant à rester debout à cause des plaques de verglas sous la neige.

Ryan trébucha, et Sam le rattrapa par le bras.

— Merci.

Les doigts de Sam l'agrippèrent fermement, tandis que Ryan retrouvait l'équilibre. Puis sa prise se détendit légèrement, mais Sam ne le lâcha que lorsqu'ils furent arrivés devant la porte de leur cottage.

Ils se hâtèrent de rallumer le feu, décidant de dîner en attendant que la pièce se réchauffe. Le four à gaz, dans lequel ils avaient enfourné une pizza congelée, diffusa de l'air chaud dans la cuisine, tandis qu'ils finissaient la lie de la bouteille de vin de la veille avant d'en ouvrir une autre.

Ryan était agité, toujours abasourdi par le baiser échangé plus tôt. Sam ne semblait pas se comporter différemment de d'habitude, mais Ryan avait, lui, l'impression que sa maladresse devait être visible dans chacun de ses mouvements, chacun de ses mots. Il était douloureusement conscient de tous les frôlements, tandis qu'ils se déplaçaient dans la cuisine, préparant le repas et agissant comme si rien n'avait changé.

Après mangé, le salon ayant conservé sa fraîcheur, ils allèrent chercher une couverture afin de se blottir dessous. Assis aux deux extrémités du canapé, les genoux repliés et les pieds cachés sous le plaid, l'imposant éléphant imaginaire entre eux rendait Ryan complètement fou, malgré la fausse impression d'intimité. Incapable de se sortir ce baiser de la tête, il n'avait pas la moindre idée de *quoi* en penser.

Ils avaient presque fini la nouvelle bouteille de vin, et le silence frôlait la torture lorsque Sam se décida à le rompre :

— Bon... je suppose que nous devons parler de ce qui s'est passé tout à l'heure.

Ryan laissa échapper un soupir tremblant de soulagement à l'idée que Sam ait eu plus de courage que lui. Il se sentait noué de l'intérieur et il n'était toujours pas certain de savoir ce qu'il désirait réellement. Mais il ne voulait définitivement pas continuer comme ça.

— Oui, souffla-t-il, évitant le regard de Sam.

— Parler avec des mots de plus d'une syllabe serait bien.

— Oui, répéta Ryan, avec un sourire penaud, avant de s'humecter les lèvres. Euh...

— Pour l'amour de Dieu ! soupira Sam. D'accord. Je vais commencer avec une question. Avais-tu déjà embrassé un homme avant ?

Ryan secoua la tête, se hasardant à lui jeter un regard en coin. Une étrange expression traversa les traits de Sam, soulagement peut-être ou satisfaction.

— En avais-tu déjà eu envie ?

Ryan haussa les épaules.

— D'une manière abstraite, peut-être. Mais pas comme ça... pas comme avec toi.

— Hier, c'était la première fois que tu y faisais allusion. D'où t'est venue cette idée ?

Ryan prit une profonde inspiration.

— Ce n'est pas vraiment nouveau.

Il sentit ses joues le brûler et son rythme cardiaque

monter en flèche tandis qu'il se préparait à se montrer honnête. Il garda les yeux rivés sur les flammes plutôt que sur Sam, contemplant la lueur et le scintillement du bois qui se consumait.

— Je pense à toi... *comme ça*, depuis un moment.

— Combien de temps ?

— Je n'en suis pas sûr. J'imagine que ça a commencé quand tu as fait ton coming-out. Ça m'a fait réfléchir.

Ryan était certain que son visage devait être écarlate.

— Es-tu gay, Ry ?

Ses amis utilisaient rarement son surnom. Il était plus habitué à l'entendre de la bouche de sa famille. Mais ça sembla juste, prononcé par Sam.

— Oui. Je crois.

Il put entendre l'incertitude dans sa propre voix et il détesta cela. Car il *était* sûr. Il n'était simplement pas habitué à le dire, toutefois il prit une profonde inspiration et croisa le regard de Sam.

— OK. Non. Je ne crois pas. J'en suis *sûr*.

— Qu'en est-il de toutes ces filles que tu ramènes à la maison ? Tu sais qu'en deuxième année, nous songions à installer un tourniquet devant la porte de ta chambre ?

Ryan haussa les épaules.

— J'imagine que j'essayais de me prouver que je n'étais pas... tu sais... gay. Mais ça n'a pas marché.

— C'est pour ça que tu as arrêté ?

Il avait adopté un comportement de moine depuis l'été précédent. Jon et Anthony, leurs autres colocataires, l'avaient taquiné pour ce soudain manque d'action. Il s'était caché derrière l'excuse des études.

— Oui, mais je n'étais pas prêt à en parler ou quoi que

ce soit, alors j'ai regardé beaucoup de porno gay à la place, admit-il, les joues brûlantes.

Sam sourit.

— C'est vrai ?

Il hocha la tête.

— Et ça t'a aidé à prendre une décision ?

— J'imagine.

— Pourquoi diable ne m'en as-tu jamais parlé ? demanda Sam, une expression blessée teintant ses traits. Seigneur, Ryan, tu aurais dû savoir que je ne t'aurais jamais jugé.

— Je ne sais pas. Je ne voulais pas que tu croies que je m'accrochais à toi parce que tu étais le seul autre gay que je connaissais. Surtout que je... tu sais. Je craque sur toi, expliqua-t-il, tentant de ne pas en faire toute une histoire. Tu es mon ami. Mon *meilleur* ami. Je ne voulais pas compliquer les choses en essayant de sortir avec toi. C'était bizarre de penser à toi de cette façon alors que tu es censé être mon ami, rien de plus.

Il ne mentionna pas le fait que ses sentiments étaient plus profonds qu'un simple intérêt. Comment avouer à son meilleur ami qu'on était amoureux de lui ? Il n'y avait pas de mode d'emploi pour cela.

— Je ne parlais pas du fait que tu craquais sur moi. Je voulais savoir pourquoi tu ne m'as pas dit que tu étais gay ?

— Oh.

Le rougissement de Ryan revint en force.

— Je ne sais pas. Je suppose que je n'étais pas prêt à en parler.

Il avait conscience de rester évasif en n'avouant pas à Sam la véritable profondeur de ses sentiments. Que Sam sache qu'il avait eu envie de l'embrasser était une chose, lui annoncer qu'il s'était langui de lui une bonne partie de l'année était plus que ce qu'il était prêt à admettre. Il ne supporterait pas le rejet de Sam, ce qui arriverait sûrement si Sam connaissait l'étendue de son intérêt pour lui.

— Tu es un idiot, dit Sam, mais quand Ryan croisa son regard, un sourire étirait ses lèvres, le rassurant sur le fait que tout allait bien entre eux. Tu auras dû me le dire.

— Va te faire voir, grogna-t-il en lui donnant un coup de pied sous la couverture. Je ne suis pas idiot. C'était difficile.

— Si, tu l'es. Bon, et maintenant ? Nous sommes seuls ici. Nous avons du temps à tuer...

Sam laissa sa phrase en suspens et remua les sourcils de manière suggestive.

— Dommage que nous n'ayons pas accroché de gui quand nous avons décoré la pièce.

Une étincelle d'espoir s'embrasa dans la poitrine de Ryan et il essaya de garder une voix calme quand il répondit :

— En avons-nous vraiment besoin ?

— Moi non.

Il y eut un instant de silence intense tandis qu'ils se dévoraient du regard. Le cœur de Ryan battait à une vitesse folle, les hormones coulant dans ses veines, l'excitation montant en flèche.

— Alors qu'est-ce que tu attends ?

Ce fut apparemment toute l'invitation dont Sam eut besoin. Il repoussa la couverture et rampa pour grimper sur ses genoux. Il chevaucha ses cuisses, se penchant avec une concentration et une intention à la fois terrifiantes et excitantes. Ryan savait où cela les mènerait. Cette fois, dès qu'ils auraient commencé à s'embrasser, rien ni personne ne les arrêterait.

Ryan ne reculerait pas. Il tendit la main, enroulant un bras autour du corps mince de Sam, l'attirant à lui jusqu'à ce que leurs lèvres se touchent.

SEPT

Ils s'embrassèrent sur le canapé durant ce qui parut des heures. Sam perdit toute notion du temps grâce à la douce pression de leurs lèvres, aux lents glissements de leurs langues, tandis qu'ils exploraient la bouche de l'autre. Ils laissèrent également leurs mains voyager, innocemment au début, caressant les cheveux, une joue ou changeant l'angle d'une mâchoire pour approfondir le baiser. Puis Ryan posa les mains dans son dos, les descendant jusqu'à le tenir par les hanches. Sam commença à lentement se frotter de manière obscène contre l'érection de Ryan, là où il pouvait la sentir, dure et tendue dans le pantalon de survêtement. Il sourit dans le baiser, heureux de savoir que Ryan était aussi excité que lui.

Ni l'un ni l'autre n'était pourtant pressé de pousser les choses plus loin. Le désir de Sam était chaud et indolent, telle la douce lueur du feu qui brûlait dans l'âtre, tandis qu'ils s'embrassaient, trop perdu dans l'instant pour le remarquer. Sam songea à suggérer qu'ils montent se coucher, mais il craignait trop de rompre le sort. Il n'arrivait pas à croire qu'il avait enfin ce qu'il désirait, qu'il touchait enfin Ryan comme il le voulait, il ne ferait rien pour gâcher cela. Alors il laissa Ryan mener la danse.

Ryan s'enhardit au fur et à mesure. Il arracha ses lèvres à celles de Sam pour les poser sur sa mâchoire, puis le long de son cou, aussi loin que permis. Il trouva le point sensible, près de l'oreille de Sam, qui le fit glousser et se tortiller, mais lorsque Ryan s'écarta en s'excusant, il lui saisit la tête et la maintint en place.

— Non, c'est bon. J'aime ça. N'arrête pas.

Désormais, son érection fuyait, collante dans son sous-vêtement. Il se demanda si celle de Ryan était humide, elle aussi, et son membre tressauta à cette pensée.

— Merde, hoqueta-t-il.

— Oui, chuchota Ryan, la voix étouffée contre la peau de son cou, là où il déposait des baisers. Seigneur... je vais jouir dans mon pantalon si tu continues de te frotter à moi comme ça.

— Je suis proche aussi.

— Tu veux monter te coucher ? demanda Ryan. Nous pourrions...

Sam recula pour ancrer son regard dans le sien. Ryan était magnifique comme ça, rougi et désespéré, et tout cela grâce à lui.

— Nous faire jouir ?

Ryan hocha la tête, les lèvres entrouvertes et humides.

Sam sourit.

— Allons-y.

Ils montèrent les marches quatre à quatre et entrèrent dans la chambre où ils dormaient. Sam ôta son sweat à capuche, puis décida que son survêtement devait partir, lui aussi. Il ne ferait que gêner. Ryan avait également enlevé son tee-shirt et son pantalon, et Sam dissimula son sourire en remarquant la tache humide qui mouillait le tissu bleu de son boxer.

Ils se faufilèrent sous les couvertures, frissonnant quand le coton froid effleura leurs peaux. Mais, bientôt, ils s'embrassaient de nouveau, faisant monter la chaleur entre eux, la sensation de froid oubliée. Allongés sur le flanc, les jambes emmêlées, Ryan l'embrassait avec avidité, avec plus de désespoir qu'au rez-de-chaussée. Il accrocha une jambe à la cuisse de Sam, se plaquant contre lui et se frottant contre sa hanche.

Sam mourait d'envie d'en avoir plus, et il comprit d'instinct que Ryan se refrénait, attendant qu'il fasse le premier pas. Alors il fit courir ses doigts le long de son flanc et de son bassin, jusqu'à sentir sa dureté contre le dos de sa main. Il la caressa lentement de haut en bas, et Ryan gémit et se repoussa contre lui.

— Putain, oui ! Touche-moi.

Sam tâtonna, essayant de descendre son boxer, l'impatience le rendant maladroit. Mais il finit par y arriver. Il enroula les doigts autour de la longueur de Ryan, qui fut parfaite dans sa paume, épaisse, dure et luisante de liquide séminal. Ryan renonça à l'embrasser. Il laissa sa tête retomber sur l'épaule de Sam et haleta, tandis que Sam le masturbait. Sentant son urgence, Sam n'eut pas envie de le faire attendre, pas après le temps passé à s'embrasser sur le canapé.

— *Oui, Sam*, gémit Ryan d'une voix qui parut douloureuse. *Putain !*

Il jouit, se déversant en de longs jets chauds et épais sur

le poing de Sam, le corps tremblant. Sam l'accompagna en continuant ses mouvements, puis s'essuya la main sur son tee-shirt et releva le menton de Ryan, réclamant un baiser.

Ryan baissait déjà la main à la recherche de son membre, bataillant pour le libérer de son caleçon.

— À ton tour, chuchota-t-il.

— Tu n'es pas obligé, dit Sam, sans grand enthousiasme, parce que si Ryan ne le faisait pas, il devrait s'en occuper lui-même dans la salle de bain, et il faisait trop froid pour ça.

— Bien sûr que si, affirma Ryan en le faisant taire d'un baiser.

Sam eut le souffle coupé par la combinaison de la main de Ryan le caressant et de l'intensité de leurs baisers. Son cœur semblait trop gros pour sa poitrine. Ce fut presque trop intense et, l'espace d'un court instant, il s'interrogea sur la sagesse de laisser cela se produire. Comment pourraient-ils redevenir seulement amis après cela ? Maintenant qu'il savait ce qui manquait ?

Ryan instaura un rythme rapide, et Sam était déjà ridiculement proche après toute cette excitation grandissante et avoir senti le sexe de Ryan dans sa paume. Il aurait aimé l'avoir dans sa bouche et... oh mon Dieu ! Cette simple idée suffit à le rapprocher du précipice.

— Je veux te sucer, la prochaine fois, haleta-t-il, son filtre verbal ayant volé en éclats sous l'afflux des hormones déchaînées.

Il ne savait même pas s'il y aurait une prochaine fois, mais il l'espérait vraiment.

— Seigneur, essaies-tu de me faire durcir de nouveau ? gloussa Ryan. Parce que ça marche.

— Oui. Peut-être. Je... oh !

Sam perdit la capacité de parler quand Ryan trouva de nouveau le point sensible dans son cou et, combiné à la pression qu'il exerçait sur son gland, cela eut un effet dévastateur.

Il jouit si fort qu'il vit des étoiles, ou peut-être des guirlandes lumineuses, mais il vit définitivement des étincelles. Quand il fut vidé, il était essoufflé, tremblant, tandis qu'il tentait de se décaler. Il y avait une tache mouillée sur le devant de son caleçon, là où Ryan n'avait pas tout rattrapé, mais il s'en moquait. Même collants de leur semence, il avait envie de sentir les bras de Ryan autour de lui. Sans se soucier de paraître désireux, il se lova contre Ryan, enfouissant son nez dans son cou et respirant la délicieuse odeur de sa peau. Son cœur trop plein ralentit peu à peu sa cadence et s'apaisa, mais le sentiment du « qu'est-ce que je viens de faire ? » paniqué persista, aussi inconfortable que la tache humide et collante sur son sous-vêtement.

Ils durent s'endormir dans cette position, car Sam se réveilla plusieurs heures plus tard, la lampe toujours allumée. Il avait chaud et était délicieusement bien installé, toutefois il avait besoin d'aller aux toilettes. Il s'extirpa délicatement des bras de Ryan sans le réveiller et se faufila hors de la chambre pour utiliser la salle de bain. Il se soulagea, tremblant de froid quand il eut fini. Puis il retourna se coucher, essayant de ne pas déranger Ryan.

Mais dès qu'il se blottit contre lui, Ryan remua et marmonna :

— Tu es gelé.

— Désolé, chuchota Sam en tentant de s'écarter. J'avais envie de pisser.

— Pas grave. Reviens ici tout de suite.

Ryan le prit dans ses bras, l'empêchant de bouger. Il se plaqua dans son dos, en petite cuillère, toujours à moitié endormi, la chaleur de son corps et son souffle apaisant faisant bientôt sombrer Sam dans le sommeil.

◆

Le lendemain, ils firent la grasse matinée, ne se réveillant que lorsque le soleil brillait haut dans le ciel. Sam ouvrit lentement les yeux, les lourdes couches de sommeil se décollant tandis qu'il restait allongé à fixer le plafond, là où un rai de soleil brillait. Les souvenirs de la veille se cristallisèrent, le faisant sourire, en dépit de l'assourdissante anxiété qui les accompagnait.

Puis il se rappela soudain quel jour c'était.

Il roula sur le côté et enfonça son doigt dans les côtes de Ryan.

— Hé, bel endormi. Joyeux Noël !

Ryan grogna et ouvrit péniblement un œil.

— T'as des cadeaux ? Sinon, je ne suis pas intéressé. Laisse-moi dormir.

Puis il referma les paupières.

— Non, reconnut Sam, son sourire se fanant.

Il aurait aimé y penser avant. Non pas qu'ils aient croisé beaucoup de boutiques au village, mais ça aurait été bien d'avoir *quelque chose* à échanger le matin de Noël.

— Désolé. Merde... tu ne m'as rien acheté, hein ?

Ryan poussa un long soupir douloureux et ouvrit de nouveau les yeux.

— Ne sois pas idiot. Quand aurais-je fait les magasins sans toi ?

— Oh, oui. Bien.

Il songea à lui offrir une fellation de Noël, mais il n'avait pas envie que Ryan se sente obligé de lui rendre la pareille. Il regrettait peut-être déjà ce qu'ils avaient fait la veille.

— Quelle heure est-il ? demanda Ryan.

— Je ne sais pas. Attends.

Il se pencha hors du lit pour récupérer son sweat. Son téléphone se trouvait dans sa poche.

— Merde ! Il est déjà onze heures ! Nous ferions mieux de nous bouger, nous sommes attendus chez Mari pour midi. J'ai besoin d'une douche. Je dois puer.

— Pas plus que d'habitude, le taquina Ryan.

— Et quelqu'un m'a fait jouir dans mon caleçon hier, ajouta-t-il en risquant un regard en coin à Ryan.

Son cœur rata un battement tandis qu'il attendait la réaction de Ryan. Celui-ci s'empourpra, mais il lui sourit, et Sam poussa un soupir de soulagement. Les choses ne seraient pas trop bizarres entre eux.

— Vas-y en premier, suggéra Ryan. J'irai après. Je suis un peu collant, moi aussi. C'est marrant ça.

◆

Ils gravirent la colline qui menait chez Mari peu après midi.

— Il fait plus chaud aujourd'hui, non ? dit Ryan.

L'air était effectivement moins mordant et la neige commençait à devenir collante par endroits. Leurs empreintes de pas de la veille avaient fondu sur le chemin en contrebas, les plaques de goudron foncé contrastant avec la blancheur de la neige.

— Oui, je trouve aussi.

À moins que la neige tombe, ils pourraient partir le lendemain. Sam eut le sentiment qu'il aurait dû paraître plus enthousiaste à la perspective de rentrer chez lui.

Dans sa poche, son téléphone sonna, annonçant l'arrivée de notifications. Il le sortit pour y jeter un œil. Des messages s'affichaient maintenant qu'ils étaient à portée de signal, puis le téléphone de Ryan revint lui aussi à la vie. Ils s'arrêtèrent un instant pour les lire. La plupart étaient des messages de joyeux Noël de la part de la famille et des amis. Il supposa qu'il en allait de même pour Ryan.

— Je ferais mieux d'appeler à la maison, plus tard. Rappelle-le-moi, demanda-t-il à Ryan.

— Oui. Pareil.

Mari les accueillit sur le pas de la porte, surprenant Sam en l'enlaçant et en lui embrassant la joue. Ryan reçut le même traitement.

— Joyeux Noël, les salua-t-elle. C'est gentil d'être venus. C'est bon d'avoir de la compagnie le jour de Noël, autre que celle de mes chats.

En guise de présent, Sam lui offrit la bouteille de vin bon marché qu'ils avaient achetée à l'épicerie du village.

— C'est pour vous. Ce n'est rien de grandiose, je le crains, mais c'est le mieux que nous avons trouvé sans nous rendre au supermarché.

— Nous vous avons apporté de la bière aussi, ajouta Ryan en brandissant le sac qu'il tenait à la main.

— Oh, merci. C'est très gentil.

Pour la plupart, les chats ignorèrent leur arrivée, à part Nerys, qui vint leur dire bonjour en s'enroulant sinueusement autour des chevilles de Ryan et miaulant jusqu'à ce qu'il la prenne dans ses bras.

— Oh, regarde. Elle se souvient de toi, s'extasia Mari.

Sam tendit la main pour la caresser, mais elle le snoba, préférant frotter sa tête contre le menton de Ryan en ronronnant. Sam ne pouvait pas lui en vouloir de se blottir contre Ryan, mais il fut un peu vexé du manque d'intérêt qu'elle lui portait.

— OK, Mari, lança-t-il en se frottant les mains. Nous avons un repas de Noël à préparer, non ? Que voulez-vous que nous fassions ?

Mari se révéla être une force de la nature dans une cuisine. Ce qui lui manquait en force en raison de son arthrite, elle le compensait en aptitudes à diriger. Elle leur fit boire du cherry, tout en leur disant ce qu'elle attendait d'eux. Ils mirent la dinde à rôtir au four, puis épluchèrent et coupèrent des légumes afin de les cuire plus tard. Sam sirota lentement son verre. L'alcool était doux, avec un goût plutôt médicinal, décida-t-il, mais il le réchauffa agréablement de l'intérieur. Il nota que Mari remplit son verre deux fois, le temps qu'il leur fallut, à Ryan et à lui, pour vider le leur. De toute évidence, elle aimait cette boisson.

Une fois toute la préparation du dîner effectuée, ils emportèrent leur verre au salon. Sam fut amusé de remarquer que les chats étaient couchés ou assis aux mêmes places que la veille. Créatures d'habitude, manifestement.

— Que diriez-vous d'une partie de Monopoly, les garçons ? proposa Mari.

Ils acceptèrent. Sam se dit même que c'était une bonne idée. L'après-midi serait long sans trop de sujets de conversation. Mari était charmante, mais ils n'avaient pas grand-chose en commun, étant donné la différence d'âge.

Ils installèrent le plateau de jeu sur la table de la salle à manger. Le chat siamois, dont la place était sur l'une des chaises, se déplaça sur les genoux de Sam, et Nerys se coucha sur ceux de Ryan.

Sam lui sourit.

— Elle t'aime.

Ryan caressa sa tête soyeuse.

— Que puis-je dire ? Elle a bon goût.

— C'est vrai, plaisanta Sam, secrètement d'accord.

Mari les battit à plate couture lors d'une partie qui dura plusieurs heures. Quand ils sortirent un paquet de cartes pour jouer à la Triche, elle s'avéra également diaboliquement douée. Elle était si douée pour bluffer qu'il était difficile de dire quand elle mentait.

— Vous aimez le poker ? suggéra Ryan lorsque la partie fut finie. Pas avec de l'argent, cela dit. Je crois que jamais je ne prendrais le risque de miser de l'argent contre vous, Mari !

— C'est une décision très sage, mon garçon, caqueta-t-elle. Va chercher les pions du jeu de dames dans le placard, nous jouerons avec. Mais, d'abord, nous devrions mettre les pommes de terre au four.

Après seulement quelques mains au poker, Mari avait ramassé presque tous les pions et Sam et Ryan étaient ruinés. Lorsque Sam paria et perdit ses derniers jetons, ses trois dames s'inclinant devant le full de Mari, il s'excusa.

— Je vais aller téléphoner à ma famille, je ne serai pas long.

Il n'eut aucun mal à capter le signal devant chez Mari et discuta un petit moment. D'abord avec sa sœur, qui avait décroché, puis son père, son petit frère et enfin sa mère. Elle fut amusée quand il lui raconta ce que Ryan et lui faisaient pour Noël.

— On dirait que vous vous amusez. Je suis contente que tu aies quand même un repas de Noël. Je me sentirai moins triste pour toi lorsque nous dégusterons le nôtre. Mari a l'air d'être un sacré personnage.

— Oui, elle est cool.

— Ryan va bien ?

— Je crois. Il n'avait pas hâte de passer Noël avec son père et sa belle-mère, de toute façon.

— Oh, sa mère n'est pas là ?

Sam expliqua les projets contrariés de Ryan pour les fêtes.

— Tu penses rentrer à la maison demain ? Tu nous manques. Les prévisions météorologiques indiquent un dégel à partir de ce soir.

— Nous verrons comment ça se passe, mais je pense que ça devrait le faire.

— Je l'espère. Bien... je ferais mieux d'y aller. Ton père me hurle de venir faire quelque chose de ces panais. Amuse-toi bien, mon chéri. Et joyeux Noël à toi, à Ryan et à Mari. Je t'aime.

— Je t'aime aussi, maman. Passe une bonne journée.

Sam raccrocha et fut sur le point de rentrer lorsque la porte s'ouvrit sur Ryan, téléphone à la main.

— Toi aussi, tu vas appeler ta famille ?

— Oui, je me suis dit que j'allais essayer maintenant. Voir si je peux joindre ma mère avant qu'elle ait bu trop de cocktails et mon père avant qu'il s'endorme sur le canapé.

— OK. Je te laisse alors. À tout à l'heure.

HUIT

La mère de Ryan ne répondit pas à son appel, alors il laissa un bref message. Il tenta de ravaler la boule de déception à l'idée de ne pas avoir entendu sa voix. Avec un peu de chance, elle le rappellerait plus tard.

Il essaya ensuite son père, mais quand l'appel aboutit, ce fut Nicola qui décrocha.

— Oh, salut, Ryan, dit-elle visiblement surprise, comme si elle ne s'était pas attendue à ce qu'il contacte son père le jour de Noël. Ton père est occupé à découper la viande. Peux-tu le rappeler ?

— Pas vraiment, non, répondit-il en tentant de maîtriser l'irritation dans sa voix. Le réseau n'est pas très bon à l'intérieur, ça ne passera probablement pas. Je ne le retiendrai pas très longtemps. Je veux juste lui souhaiter un joyeux Noël.

— Attends une minute, soupira-t-elle avant de tendre l'appareil au père de Ryan sans prendre la peine de lui dire au revoir.

Charmant.

— Bonjour, Ryan.

D'après le son métallique et les bruits en arrière-plan, Ryan devina qu'il était sur haut-parleur.

— Bonjour, papa. Joyeux Noël.

— Oui, toi aussi.

Il y eut une pause et ce qui ressembla au grattement d'un couteau sur une assiette.

— Alors... euh... je suis désolé de n'avoir pas pu venir. Dès que je serai rentré, je pourrai peut-être passer avant le jour de l'An ? J'ai des cadeaux à vous donner.

Il avait acheté des présents classiques, une bouteille de porto pour son père et du bain moussant et une lotion corporelle pour sa belle-mère Nicola. Ils savaient qu'en tant qu'étudiant, il ne pouvait pas se permettre beaucoup plus.

— Peut-être, répondit son père. Nous avons plusieurs petites choses à faire, je vais devoir regarder les dates lorsque je n'aurai pas les mains pleines de dinde. Cette année, j'ai versé directement de l'argent sur ton compte, je me suis dit que ce serait plus facile que de te faire un chèque ou de t'offrir des cartes cadeaux.

— Oui, bien sûr. Merci, papa.

— OK, je dois vraiment y aller. Nous n'allons pas tarder à passer à table. J'espère que tu as passé une bonne journée avec... euh... ton compagnon.

— Sam.

Réalisant qu'il serrait son téléphone bien trop fort, Ryan força ses doigts à se détendre.

— Bon, amusez-vous bien, Nicola et toi. Je t'appelle quand je serai rentré.

— Au revoir.

Ryan mit fin à l'appel, les mâchoires contractées d'agacement et de tristesse. Son père aurait au moins pu essayer de paraître heureux d'avoir des nouvelles de son fils.

Sam déchiffra son expression dès qu'il franchit la porte. Il l'observa, le questionnant d'un haussement de sourcils.

— Tout s'est bien passé ?

— Ma mère n'a pas décroché, mais j'ai parlé à mon père.

Sam était resté une éternité dehors à bavarder avec sa famille. Il devait être douloureusement évident que les parents de Ryan n'avaient pas eu envie de discuter très longtemps avec lui. Ryan échappa au regard inquiet de Sam et surprit Mari, qui l'étudiait avec une expression compatissante. Il ravala la boule qui obstruait sa gorge et plaqua un sourire sur ses lèvres.

— Je boirais bien une bière. Je crois que je ne supporterai pas plus de sherry. Quelqu'un veut un verre ?

— Je vais essayer un peu de ce vin que vous avez apporté, déclara Mari. Il y a un tire-bouchon dans le tiroir de la cuisine. Peux-tu regarder la cuisson des pommes de terre pendant que tu y seras ?

— Je vais venir t'aider, proposa Sam en se levant de sa chaise avant que Ryan ait pu refuser.

Il vérifia les pommes de terre pendant que Sam se battait avec le tire-bouchon.

— Putain de merde ! Je comprends pourquoi ils ont inventé les bouchons à vis.

Lorsque Ryan eut fini de retourner les légumes et remis le plat au four, Sam lui tendit une bière. Leurs doigts s'effleurèrent quand Ryan la prit.

— Santé ! lui dit Ryan d'un air maussade.

Sam fronça les sourcils, les lèvres pincées d'inquiétude.

— Ta mère te rappellera plus tard, le rassura Sam.

— Oui, j'en suis sûr. Elle était probablement en train de nager ou quelque chose comme ça.

— Sûrement.

De retour dans le salon, ils eurent le temps pour d'autres mains de poker, puis il fut l'heure de mettre les légumes à cuire. L'humeur sombre de Ryan pesait toujours sur son cœur. Il se sentait étranger à la gaîté, ne se joignant pas aux blagues et aux rires pendant leur partie de cartes.

Puis il sentit le genou de Sam appuyer contre le sien sous la table, pression délibérée qui atténua sa solitude et ramena ses pensées errantes au présent. Quand il croisa son regard, Sam lui sourit, et l'humeur de Ryan s'allégea d'un cran supplémentaire. Une boule de chaleur se répandit en volutes dans sa poitrine, et il lui rendit son sourire.

Son téléphone vibra dans sa poche. C'était un message de sa mère qui disait qu'elle tentait de le joindre sans pouvoir y parvenir.

Il s'excusa afin de sortir pour essayer de la rappeler.

— C'est ma mère, expliqua-t-il. Elle est disponible. Je reviens tout de suite.

— Oh, Ryan ! Joyeux Noël. Je suis désolée d'avoir manqué ton appel, mon amour, dit-elle dès qu'elle décrocha. Nous étions à la piscine et mon téléphone était resté dans la chambre. Comment vas-tu ? J'espère que tu passes une bonne journée avec ton père.

— En fait, je suis toujours au Pays de Galles.

Ryan n'avait pas pris la peine de le lui dire avant. Après tout, cela n'aurait eu aucune incidence sur ses projets, mais, avec un temps de retard, il se rendit compte qu'il aurait probablement dû l'en informer, au cas où elle aurait tenté de le joindre sur la ligne fixe. Bon, de toute évidence, ça n'avait pas été un problème pour elle.

— Nous avons été coincés par la neige, mais tout va bien maintenant. Nous dînons avec la vieille dame qui habite à côté.

— Oh, c'est très bien. Je suppose que ton père est déçu que tu n'aies pas pu venir.

— Je suis sûr qu'il survivra.

Il y eut un silence inconfortable.

— Tu me manques beaucoup, tu sais, souffla sa mère d'une voix plus douce. C'était une idée de Barry, ces vacances. J'ai hésité. Tu es sûr que ça va ? Je n'aime pas t'imaginer coincé tout seul au milieu de nulle part.

— Ça va, maman. Et je ne suis pas tout seul, Sam est là pour me tenir compagnie. Profite du reste de tes vacances et cesse de t'inquiéter pour moi, d'accord ?

— D'accord.

Il entendit la voix étouffée de Barry en arrière-plan.

— Donne-moi une minute, dit sa mère à Barry, éloignant visiblement le téléphone de sa bouche, puis elle fut de retour. Je suis désolé, mon amour, je dois y aller. Je dois me préparer pour le dîner de ce soir. Fais attention à toi et amuse-toi bien avec Sam.

— Oui, maman.

Les joues de Ryan s'échauffèrent en se remémorant la manière particulière dont il s'était amusé avec Sam la nuit dernière et il se demanda ce que sa mère en penserait si elle était au courant.

— Joyeux Noël. Au revoir.

— Joyeux Noël à toi aussi.

Il retrouva Sam et Mari dans la cuisine quand il rentra.

La minuscule pièce embaumait de délicieux fumets et d'une épaisse vapeur.

— Ça va ? s'enquit Sam.

— Oui, j'ai fait mon devoir d'appels. J'enverrai un message à ma sœur plus tard, la rassura Ryan, feignant la joie, mais le front de Sam resta plissé.

Durant les préparatifs de dernière minute, il n'eut pas le temps de se morfondre. Mari leur fit égoutter des trucs et découper des morceaux de dinde tandis qu'elle dressait la table. Curieusement, d'une certaine manière, tout se mit en place et ils s'assirent face à des assiettes débordant de nourriture encore chaude.

Mari ferma la porte de la cuisine afin de conserver les restes de dinde à l'abri de plusieurs chats à l'air mécontent qui les regardèrent se préparer à dîner.

— Non, non, non ! s'écria Ryan en tendant la paume vers Nerys, qui semblait envisager de sauter sur ses genoux.

Elle remua la queue et leva une patte, se lavant consciencieusement le derrière, avec une concentration dévouée.

— Il me faudra plus que ça pour me dégoûter de mon repas, gloussa Ryan en s'adressant au chat.

Sam ricana.

Mari leur fit un sourire rayonnant.

— Je ne suis pas du genre à dire les Grâces, mais je vous remercie, les garçons, d'avoir rendu ce repas possible. Je n'aurais pas pris la peine de cuisiner autant si j'avais été seule aujourd'hui. Maintenant, mangez.

Pendant un petit moment, les seuls bruits dans la pièce furent les cliquetis des couverts sur les assiettes et les mastications satisfaites. Tout était délicieux. Ryan avait toujours cru qu'il y avait de grands secrets derrière la préparation d'un repas de Noël, n'ayant jamais été impliqué dans le processus, hormis pour éplucher les pommes de terre et les carottes. Aujourd'hui, il avait appris que ce n'était pas sorcier. C'était avant tout une question de temps et cela s'était avéré amusant.

Tandis qu'il mâchait, il posa les yeux sur la photo de la fille de Mari et de sa famille, sur le manteau de cheminée. Leurs visages rayonnaient de bonheur. Plus jeune, il avait souvent songé, sans vraiment y réfléchir plus que cela, qu'il aurait une famille du genre conventionnel. Une femme, deux enfants virgule quatre et peut-être un chat ou un chien. Depuis qu'il avait réalisé qu'il était gay, il n'avait pas réfléchi à ce que pourrait être une relation homosexuelle. Aujourd'hui, ses pensées avaient erré vers un avenir différent. Avec un homme, souriant et visiblement amoureux, dans un cadre placé sur le manteau de cheminée chez sa mère, avec un enfant ou deux sur les genoux. Cela pouvait se produire, non ? Il n'était pas certain de savoir comment, mais il savait que, de nos jours, les couples homosexuels avaient souvent des enfants. Dans son imagination, l'autre homme sur la photo prit les traits de Sam, qui l'enlaçait, le regardant avec une expression débordante d'affection.

Sam lui frappa le genou, ce qui le fit sursauter, le tirant brutalement de sa rêverie. Il s'empourpra, heureux que Sam ne puisse deviner ce qui se passait dans sa tête.

— Désolé, vous disiez quelque chose ?

— Tu étais à des kilomètres de là, fit remarquer Sam. Mari te demandait si tu avais des projets pour le Nouvel An.

— Oh, nous rentrons à Brighton pour ça, répondit Ryan

en se tournant vers Mari. Nous organisons une fête dans la maison que nous partageons avec d'autres garçons.

— La nuit promet d'être animée, dit Mari en haussant un sourcil amusé. Une de ces folles soirées étudiantes.

— C'est ce qui est prévu, oui, avoua Ryan.

Ils seraient sûrement ivres avant minuit.

Le genou de Sam était toujours pressé contre le sien sous la table. Il ne l'avait pas écarté depuis l'instant où il avait attiré son attention. Mari leur parla des facéties de sa fille quand elle était étudiante, des tournées dans les bars dans des robes fantaisistes et de se faire rappeler à l'ordre par la police pour avoir placé des cônes de signalisation sur la tête des statues.

Ryan l'écouta en riant aux bons moments, tout comme Sam. Mais la main de Sam le distrayait. Ils avaient à présent fini de manger, bien plus vite que Mari, qui avait été plus lente et plus prudente, et la main de Sam était posée sur la table, à seulement quelques centimètres de la sienne. Il eut l'impression de pouvoir sentir sa chaleur dans l'espace où elles ne se touchaient pas. Il contempla les doigts fins de Sam, les articulations osseuses, les ongles rongés et avant qu'il puisse y réfléchir à deux fois, il bougea la main, comblant la faible distance nécessaire pour que leurs petits doigts se frôlent. Il se demanda si Sam penserait que c'était accidentel. Mais Sam déplaça son genou, accentuant légèrement la pression.

Alors que Mari continuait à piocher dans son assiette et que la conversation se poursuivait, Ryan et Sam communiquaient à un tout autre niveau, se chuchotant des choses avec de minuscules effleurements tendres. Le frôlement d'une main, la courbe d'un coude, le bombé d'un genou. Ryan était conscient de toutes les parties de leurs corps qui étaient en contact, de toutes les parties qui ne l'étaient pas et de toutes celles où il aimerait qu'ils le soient.

Quand Mari eut fini de manger, ils remplirent son verre et lui dirent de rester assise tandis qu'ils débarrassaient les assiettes et revenaient avec le pudding de Noël.

Ryan versa la sauce au brandy dans une casserole afin de la réchauffer pendant que Sam passait le pudding au micro-ondes.

— Hé, murmura Sam derrière lui.

— Quoi ?

Ryan continua à remuer le contenu de la casserole.

— Lève les yeux.

Ryan obéit et vit un brin de gui suspendu à l'abat-jour à l'aide d'un ruban doré. Puis il baissa la tête et remarqua le sourire plein d'espoir de Sam.

— Oui ? chuchota-t-il en souriant.

— Nous n'avons pas encore échangé de véritable baiser de Noël.

— Mieux vaut réparer ça alors.

Il enroula les bras autour de Sam, qui fit de même en retour. Ils s'embrassèrent, un baiser chaste et tendre, qui s'attarda juste assez pour que Ryan comprenne que Sam en voulait plus, exactement comme lui. Ryan crut que son cœur allait sortir de sa poitrine, tant il débordait de sentiments confus qu'il craignait de nommer. Du désir entremêlé à quelque chose de plus doux, de plus tendre.

Quand ils se séparèrent, les pupilles de Sam étaient dilatées, éclipsant le vert de ses yeux, et une expression mignonne, dans un état second, ornait son visage. Ryan se demanda s'il avait la même tête. Probablement. Embrasser Sam lui donnait l'impression d'être niais.

— Ça va mieux maintenant ? demanda Sam.

— Pourquoi ?

Ryan fronça les sourcils, confus, un court instant. Il avait presque oublié qu'il avait été contrarié plus tôt. Tout était génial maintenant, hormis le fait qu'ils ne s'embrassaient plus. Mais il avait espoir que Sam voudrait faire plus, plus tard, quand ils auraient plus d'intimité.

— Tu semblais un peu déprimé après avoir parlé à tes parents.

— Ah oui, soupira Ryan. C'est juste... je ne sais pas. Tu sais comment est mon père. Ma mère va bien, mais c'est bizarre que cette année elle soit partie avec Barry. Je suis un adulte, elle devrait pouvoir partir en vacances quand elle le souhaite sans que je me comporte comme un bébé.

Sam l'attira de nouveau à lui, cette fois pour un câlin.

— Tu as le droit de te sentir bizarre, dit-il contre l'épaule de Ryan, qui l'enlaça en retour. Je me sentirais bizarre si ma mère partait en vacances quelque part pour Noël.

— Merci.

Le micro-ondes tinta, et Ryan serra Sam plus fort avant de le relâcher à contrecœur.

Sam retourna le pudding sur une assiette, tandis que Ryan fouillait dans les placards de Mari à la recherche d'une saucière. Dès que tout fut prêt, ils déposèrent le dessert sur la table.

— Oh, bien joué, les garçons. Le brandy est dans la commode, déclara Mari. Et les allumettes sur la cheminée.

— Que devons-nous faire ? demanda Sam. As-tu déjà mis le feu à un pudding de Noël, Ry ?

— Non, généralement c'est mon père qui le fait, et ma mère déteste ça, du coup elle fait une tarte au citron meringué à la place.

— Donnez-le-moi, dit Mari.

Elle prit le brandy que Ryan lui tendait et en versa une généreuse quantité sur le gâteau fumant.

— Maintenant, les allumettes. C'est parti ! lança-t-elle dès que Sam les lui eut données.

Elle en craqua une et l'approcha du pudding.

— Putain de merde ! s'écria Ryan.

Un spectaculaire triangle de flammes orange et bleues s'éleva du pudding, lapant le brandy qui s'était accumulé sur le bord de l'assiette.

— J'ai peut-être un peu abusé sur la dose, pouffa Mari, ne semblant pas s'en faire le moins du monde.

Sam se mit à rire.

— Vous avez failli y laisser vos sourcils, Mari.

Elle souffla sur les flammes, sans grand effet, alors Sam et Ryan l'aidèrent. Enfin, à trois à souffler, ils parvinrent à éteindre le pudding, à grand renfort d'éclats de rire.

— L'espace d'une minute, j'ai bien cru que nous allions avoir besoin de la couverture anti-feu, s'esclaffa Mari en s'adossant à sa chaise, à bout de souffle. Coupe-moi une tranche, tu veux, Sam ? Une petite, s'il te plaît. J'ai déjà trop mangé, mais ce ne serait pas Noël sans un morceau de pudding.

Sam fit les honneurs, distribuant une petite part pour Mari et deux plus généreuses pour Ryan et lui.

Quand ils eurent fini, Ryan était repu. S'il avait été

chez lui, en cet instant, il serait monté enfiler un pantalon de survêtement afin de donner un peu d'espace à son ventre. Il remua, mal à l'aise dans son jean.

Sam semblait avoir le même problème. Il n'avait pas réussi à tout manger, repoussant les dernières bouchées, vaincu. Il se renversa sur sa chaise et tapota son estomac.

— C'était délicieux. Merci beaucoup, Mari.

Une fois encore, ils refusèrent de laisser Mari les aider à débarrasser la table.

— Non, détendez-vous, insista Ryan. Nous nous occupons de tout.

Il croisa le regard de Sam, qui hocha la tête.

— Eh bien, si vous êtes sûrs. L'épisode spécial de *Coronation Street*[1] commence dans dix minutes et ça ne me dérangerait pas de le regarder.

— Nous sommes sûrs, affirma Sam. Restez assise.

NEUF

Ils quittèrent Mari après avoir tout rangé. Elle était collée devant sa télé, et ils n'avaient pas envie de la déranger. Elle délaissa l'écran juste assez longtemps des yeux pour les accompagner à la porte et leur faire un câlin.

— C'est une manière charmante, quoiqu'inattendue, de passer Noël. Merci pour votre compagnie.

— Merci de nous avoir nourris. Ce festin battait à plates coutures les nuggets et les chips, répliqua Sam.

— C'était avec plaisir. Profitez bien de votre soirée. Et revenez me dire au revoir avant de rentrer chez vous. J'ai été enchantée de vous rencontrer, les garçons.

Dehors, ils furent accueillis par une pluie froide tombant sur leurs visages. La bise glaciale ne soufflait plus et la neige fondait rapidement. Sam nota qu'elle était déjà beaucoup moins épaisse sous ses pieds que lorsqu'il était sorti téléphoner, plus tôt dans la soirée.

— On dirait que nous allons pouvoir repartir demain... si tu en as envie ? Tu es pressé de rentrer ?

— Non. Ma mère ne sera pas à la maison avant le vingt-neuf. Je devrai aller voir mon père avant de rentrer à Brighton, mais je resterai juste pour le repas sûrement, pas plus. Je me détendrai à la maison, peut-être sortir avec des amis, s'ils sont dans le coin, répondit Ryan, échouant, malgré ses efforts, à paraître désinvolte.

Sam devina que ses projets pour le restant des vacances étaient loin de l'enthousiasmer.

— Nous pourrions rester une journée de plus si tu veux.

— C'est vrai ? s'exclama Ryan d'une voix beaucoup plus enjouée. Mais tu ne dois pas rejoindre tes parents ?

— Ils peuvent se passer de moi un jour de plus, affirma Sam en s'approchant pour lui prendre la main.

Ni l'un ni l'autre n'avait pris la peine de mettre de gants et leurs paumes se réchauffèrent au contact de l'autre. Sam balança leurs mains pendant qu'ils marchaient.

— Ce n'est pas si mal d'être coincé ici avec toi.

— Non, répondit Ryan d'une voix bourrue, mais quand Sam lui jeta un coup d'œil, Ryan tentait de dissimuler un sourire.

— OK. J'appellerai ma mère demain matin, mais je ne vois pas pourquoi je ne pourrais pas rester une nuit de plus.

Dès qu'ils furent rentrés, ils se blottirent côte à côte sur le canapé, sous la couverture. Il ne faisait pas aussi froid que la veille, la pièce mit peu de temps à se réchauffer avec les rideaux fermés et les bûches brûlant dans le foyer.

Ils jouèrent au jeu des vingt questions, trop paresseux

et repus pour faire quoi que ce soit de plus actif, puis ils s'endormirent, leurs estomacs digérant leur repas.

Lorsque Sam se réveilla après sa sieste, la tête nichée au creux de l'épaule de Ryan, sa main était dans ses cheveux, les caressant d'un air absent. Il avait dû s'écrouler sur Ryan pendant son sommeil. Il resta immobile, appréciant la sensation.

Il se demanda ce qui se passait dans la tête de Ryan. C'était si étrange d'être comme ça avec lui, comme s'il était son petit ami et non plus son ami. Des griffes froides du doute perforèrent ses entrailles. Que faisaient-ils ici, dans leur havre de paix, leur petite bulle de Noël, au *Hafan Dawel* ? Que se passerait-il quand ils seraient de retour à la dure réalité de la vie quotidienne ? Une partie de lui mourait d'envie d'aborder le sujet avec Ryan afin de savoir à quoi s'attendre. Mais l'autre partie préférait l'ignorer et profiter de ce qu'il avait. Il craignait qu'en posant les questions qui tourbillonnaient dans son esprit comme des vautours il brise la fragile intimité qui s'était instaurée entre eux.

Pourtant, il n'était pas prêt à y renoncer.

Il dévoila à Ryan qu'il était réveillé en déplaçant la main qui était posée sur sa poitrine. Ryan était si magnifiquement bâti. Son torse musclé était agréable sous sa paume. Sam enroula son bras autour et le serra contre lui, murmurant son approbation quand Ryan continua à lui caresser les cheveux, presque comme s'il était un chat. Il aurait ronronné s'il avait pu. Un désir indolent enfla dans son ventre.

Il releva le visage pour croiser le regard de Ryan.

— Tu veux aller au lit ?

Ryan haussa les épaules, les lèvres étirées en un petit sourire salace.

— Si tu veux. Mais je n'ai pas envie de dormir, pas après cette sieste.

Ses yeux étaient sombres, intenses, pleins de promesses.

— Qui a parlé de dormir ? rétorqua Sam en souriant.

Il chevaucha Ryan, coinçant ses genoux autour de son bassin, sur le canapé. Ryan l'attira à lui pour un baiser et les choses dégénérèrent rapidement. Très vite, ils furent durs et eurent le souffle court.

Sam traça un chemin le long du corps de Ryan, embrassant son cou, jusqu'à ce que son tee-shirt l'entrave. Il passa les mains sous le tissu, trouvant la peau chaude et les muscles fermes, effleurant les côtes, faisant se tortiller Ryan, qui hoqueta quand Sam frôla un téton. Il le caressa, sentant la petite perle se dresser sous son doigt.

Il s'agenouilla par terre, entre les jambes de Ryan. Il repoussa le tee-shirt et le sweat de Ryan afin que sa langue remplace ses doigts. Il lécha un téton raidi, puis le suça, inspirant la fragrance chaude et douce de sa peau.

— Merde, Sam ! haleta Ryan en glissant les doigts dans les cheveux de Sam.

Encouragé, Sam descendit plus bas. Il lécha ses côtes, ses abdos, enfouissant son nez dans le chemin de poils noirs qui plongeait sous la ceinture du jean et du boxer de Ryan.

— Tu es d'accord ? s'enquit-il tout en s'attaquant à sa braguette.

— Euh... oui, répondit Ryan, semblant penser que c'était une question stupide.

Sam supposa que c'était le cas, en effet. Ryan aimait

clairement ça, son érection était aussi dure qu'une barre de fer sous les doigts de Sam, et qui n'aimait pas se faire sucer ? Il le libéra de son carcan de tissu. Il avait un beau pénis. Pas énorme, mais épais, avec des veines très sexy que Sam eut envie de tracer du bout de la langue. Ce qu'il fit, commençant à la base, les suivant de la langue jusqu'au prépuce, s'arrêtant juste avant d'atteindre le gland.

— J'aurais dû me douter que tu étais un allumeur, haleta Ryan d'une voix amusée.

Il était évident qu'il était plus qu'excité, et Sam fut plutôt content de lui.

Ignorant l'érection de Ryan, il se décala plus bas, plongeant son nez dans le buisson de poils noirs du pubis de Ryan, inspirant son odeur. L'excitation de Sam grimpa d'un cran. Il malaxa ses testicules, les léchant du plat de la langue. Ryan gémit.

— Seigneur, c'est bon.

Il eut l'air surpris.

— On ne t'a jamais léché les bourses avant ? demanda Sam, la bouche étouffée par la peau plissée.

— Généralement, les filles vont droit au but.

— Amatrices.

Ryan ricana, puis retint son souffle quand Sam prit enfin son membre dans sa bouche et le suça.

Sam aurait pu dire qu'il n'essayait pas de l'impressionner ou de rivaliser avec les nombreuses filles qui auraient eu l'occasion de sucer Ryan l'année écoulée, mais ce serait mentir. Il voulait prouver à Ryan qu'il était meilleur que toutes, qu'il pouvait le faire jouir plus fort que jamais.

Alors il déploya tous les trucs qu'il connaissait, tout ce

qui lui faisait du bien à lui. Plus que tout, il prit son temps, maintenant Ryan au bord de l'orgasme sans jamais totalement l'y amener, sachant que lorsqu'il l'autoriserait enfin à éjaculer, son envolée vers les sommets serait d'autant meilleure. Bien que sa propre érection soit dure et douloureuse, il était heureux de prendre son temps. Sucer le beau sexe de Ryan n'était pas franchement une corvée. C'était un fantasme qui le hantait depuis plus longtemps qu'il n'était prêt à l'avouer. Enfin le rêve était devenu réalité, et il en faisait profiter Ryan avec chaque succion, chaque glissement de ses lèvres, chaque coup de langue.

C'était incroyable.

Il garda une main libre pour caresser et tirer sur les testicules de Ryan, mais, de l'autre, il descendit sa braguette afin de pouvoir se masturber, tentant de se retenir au début, puis cédant et accordant ses coups de poignets à ceux de sa bouche.

Ryan était merveilleusement échevelé à présent, haletant et soulevant les hanches pour venir à la rencontre des va-et-vient de sa tête. Il respirait fort et marmonnait de temps à autre des « oui » ou des « putain, Sam ».

Lorsque la mâchoire de Sam commença à lui faire mal, il améliora son jeu et mit fin à la partie. Quand Ryan explosa dans un cri, ses doigts tirèrent douloureusement les cheveux de Sam, qui atteint la jouissance à son tour en gémissant autour de l'érection de Ryan. Il avala, puis recula, s'essuyant la bouche et souriant en voyant les joues rougies de son amant.

Ryan semblait dans un état second. Le travail de Sam avait été bien fait.

— Joyeux Noël.

— Merci, répondit Ryan d'une voix basse. Meilleur cadeau de tous les temps.

Il caressa la joue de Sam de la pulpe du pouce.

— Tu veux que je... euh...

Ryan s'humecta les lèvres, son regard se posant là où la main de Sam était encore coincée dans son pantalon.

— Non, c'est bon.

Il sortit sa main et agita ses doigts collant devant le nez de Ryan. La mâchoire de celui-ci se décrocha, s'ouvrant sur un O de surprise.

— Tu aimes vraiment ça, en fait.

— Oui, gloussa Sam en souriant et en se léchant les lèvres. J'adore.

Il se releva et regarda autour de lui, cherchant un truc pour s'essuyer les mains, mais il ne trouva rien d'utile, alors il se rendit dans la cuisine pour se les rincer sous l'eau. Il remonta sa braguette et, quand il revint, il vit que Ryan avait fait la même chose.

Sam bâilla, le sommeil le gagnant après la jouissance.

— Je suis fatigué. J'ai besoin de mon lit. Tu viens avec moi me tenir chaud ?

— Je ferais mieux. Sans moi, tu te gèlerais ton petit cul maigrichon.

— Tu aimes mon petit cul maigrichon, contra Sam, rougissant quand il se rendit compte de sa réponse.

Mais Ryan ne parut pas remarquer son soudain inconfort. Il tendit la main.

— Aide-moi à me relever alors.

— Va te faire voir, s'esclaffa Sam en lui frappant le bras.

◆

Ils dormirent en tee-shirt et en boxer, dans les bras l'un de l'autre pour avoir chaud. Sam se réveilla le matin de Noël, la tête posée sur le torse de Ryan, les doux battements de son cœur résonnant à son oreille.

Il resta allongé, laissant ses pensées tourner en ronds.

Le fait de savoir qu'il ne leur restait qu'une seule nuit à passer ici était une douloureuse écharde logée dans son esprit. Ryan n'avait donné aucune indication de vouloir discuter de ce qui couvait entre eux, et Sam savait qu'il devrait aborder le sujet si Ryan ne s'y résolvait pas. Mais il avait peur de découvrir où cette conversation les mènerait. Il n'y avait aucune bonne manière d'avouer à votre meilleur ami que vous étiez amoureux de lui depuis près d'un an. Et il n'y avait aucun moyen qu'une telle confession finisse bien, à moins d'un miracle, celui que Ryan éprouve les mêmes sentiments pour lui.

Bien qu'il aimerait croire que c'était le cas, il était réaliste. Ryan avait manifestement envie de lui, mais il ne lui avait rien dit qui le conduirait à penser qu'il pourrait y avoir plus entre eux. Sam l'imaginait prendre ses jambes à cou s'il découvrait que ses sentiments étaient bien plus profonds. Ryan n'avait pas fait son coming-out, il était impossible qu'il souhaite se lancer tête baissée dans une relation sérieuse, même s'ils continuaient à s'amuser après ces quelques jours étranges et intenses.

Sam soupira, les imaginant de retour à l'université, se pelotant dans le dos de leurs colocataires. Si c'était tout ce qu'il pouvait avoir, il savait qu'il l'accepterait. Il n'avait aucune fierté quand il était question de Ryan. Il le désirait tant et il était humain après tout, pourtant il aspirait à tellement plus. Il voulait être le petit ami de Ryan, pas son sale petit secret.

Lorsque Ryan remua, s'étirant et marmonnant un bonjour endormi, Sam roula sur le ventre afin de contempler son visage. Ryan plissa les yeux et sourit. Sam l'embrassa avant qu'il ait eu le temps d'y réfléchir à deux fois. Ryan lui rendit son baiser, ses doigts s'emmêlant dans ses cheveux tandis qu'il alignait leurs corps afin de frotter son érection matinale contre la hanche de Sam. Leurs bouches avaient un goût un peu rance, mais c'était trop bon pour que Sam s'en soucie et Ryan ne semblait pas s'en inquiéter non plus, à en croire la façon dont il ondulait contre sa cuisse.

Sam s'écarta à contrecœur, uniquement car il portait son dernier boxer propre et qu'il ne pouvait pas s'offrir le luxe de le salir. Ryan ne le retint pas, mais eut l'air songeur.

— J'ai faim, dit Sam.

C'était en partie vrai. C'était déjà le milieu de la matinée et son estomac avait commencé à grogner tandis qu'il attendait que Ryan se réveille.

— Et je dois me lever pour appeler ma mère et lui faire savoir que je reste une journée de plus.

DIX

Ils se levèrent, s'habillèrent et descendirent prendre leur petit déjeuner. Tandis qu'ils se déplaçaient dans la petite cuisine, Ryan eut constamment envie de toucher Sam, des effleurements innocents, mais qui franchiraient la frontière de l'amitié à laquelle ils s'étaient toujours soumis. Toutefois, il garda ses mains pour lui, car il ne savait plus où se situait cette frontière désormais.

Il soupira.

Avant de rentrer chez eux, ils allaient devoir avoir une conversation appropriée sur ce qui se passait entre eux. Ce serait carrément étrange de retourner à l'université avec leurs colocataires si toute cette incertitude continuait de planer entre eux. Cependant, il n'avait aucune idée de ce que Sam pensait de tout ça. Il devait le désirer, sinon il ne se serait rien passé du tout, mais peut-être était-ce juste une aventure pour Sam.

Ryan remua son thé et ôta le sachet de sa tasse, faisant la même chose pour Sam, qui étalait du beurre sur une tartine.

— Tu veux de la confiture ? lui demanda Sam.

— Oui, s'il te plaît.

Ryan le regarda, son esprit ressassant les possibilités.

Honnêtement, il n'était pas certain de comprendre ce qu'il souhaitait, lui non plus. Il était fou de Sam, ça, il pouvait l'admettre. Toutefois, coucher avec Sam alors qu'ils étaient seuls ici était une chose, mais que se passerait-il quand ils seraient de retour à l'université ? Il ne savait pas si Sam désirait poursuivre cette « relation », faute d'un meilleur mot. Et si oui, Ryan était-il prêt à faire son coming-out ? Dans le cas contraire, Sam serait-il prêt à se cacher pour lui ? Il y avait tant de questions sans réponses que Ryan stressait. Il était heureux qu'ils aient une autre nuit ensemble. Les choses seraient peut-être plus claires avec un petit peu plus de temps.

Dès le petit déjeuner fini, Sam se leva et enfila son manteau.

— Je vais appeler ma mère, dit-il en s'asseyant sur une marche afin de mettre ses chaussures.

— OK.

Ryan se rendit compte avec tristesse que ça ne ferait aucune différence pour ses parents qu'il reste une nuit de plus ou non. Il trouverait une maison vide en rentrant chez lui.

— Tu es sûr que ça ne te dérange pas de rester une nuit de plus ?

— Oui, et toi ?

Ryan haussa les épaules d'un geste qu'il espéra désinvolte.

— Eh bien, je n'ai aucune raison de me presser. Alors...

— Cool.

Sam se leva et tâta ses poches à la recherche de son téléphone.

— OK, je reviens toute de suite.

Ils n'avaient pas encore allumé la cheminée, alors Ryan nettoya le foyer en attendant le retour de Sam, balayant les cendres et les jetant dans le seau. La poussière le fit éternuer. Il s'essuya le nez du dos de la main, évitant de se barbouiller le visage de suie.

Il tourna la tête quand il entendit la porte s'ouvrir, mais son sourire se fana en remarquant l'expression de Sam.

— Qu'est-ce qui se passe ?

— Rien de très grave, mais… ma grand-mère a fait une chute hier, elle est à l'hôpital. Elle s'est cassé le bras et a besoin de broches. Elle se fait opérer demain.

— Oh, mince.

— Oui, ça va aller, mais elle aura besoin d'un peu d'aide à la maison pendant un jour ou deux. Mes parents partent dans la journée pour s'y rendre en voiture, je dois rentrer m'occuper de mon frère et de ma sœur. Je suis désolé, Ry.

Sam fronça les sourcils, la mine désolée et anxieuse.

— Non, ce n'est pas grave. Tu dois rentrer, évidemment.

Ryan eut envie de s'avancer vers Sam pour lui offrir du réconfort, le serrer dans ses bras peut-être, mais Sam montait déjà les escaliers.

— Je vais faire mon sac. Je veux partir dès que possible.

— D'accord.

Ryan se dirigea vers la cuisine et commença à tout ranger, emballant la nourriture qu'ils avaient achetée dans les sacs de courses. Il tenta d'ignorer la boule de déception qui s'était logée dans sa poitrine à l'idée que leur temps soit écourté. Il claqua violemment la porte d'un placard, furieux contre lui-même de se comporter comme un connard égoïste alors que la grand-mère de Sam s'était blessée et que son petit-fils était clairement inquiet pour elle.

— Putain ! jura-t-il. Putain de merde !

Il aurait vraiment aimé avoir une nuit de plus.

Ils parvinrent à tout empaqueter et à être prêts à partir en moins d'une heure. Étant donné qu'ils étaient pressés, ils laissèrent le cottage aussi propre et rangé que possible.

— Pouvons-nous aller dire au revoir à Mari ? demanda Ryan. Nous lui avons promis.

— Oh oui, bien sûr. Je suis content que tu t'en sois souvenu.

Ils parcoururent la courte distance qui les mena chez Mari et frappèrent à la porte.

— Bonjour, les accueillit-elle. Entrez. Je vais mettre la bouilloire sur le feu.

— Je suis désolé, mais nous n'avons pas le temps, s'excusa Sam.

Il lui expliqua la situation, et Ryan vit une expression soucieuse se peindre sur les traits de Mari.

— Oh, je suis navrée d'entendre ça. J'espère que ta mamie se rétablira vite. Vous êtes gentils d'avoir pensé à moi. Je me serais demandé ce qui vous était arrivé si vous n'étiez pas passés. Faites bon voyage et merci encore pour ce charmant réveillon.

Elle enlaça Sam et lui embrassa la joue, puis fit de même avec Ryan.

— Merci à vous, dit Ryan. Nous nous reverrons peut-être si un jour nous revenons.

— Oui, venez me voir à l'occasion.

Quelque chose se frotta contre les chevilles de Ryan. Il baissa les yeux et vit Nerys, qui miaula. Il s'accroupit et la caressa.

— Au revoir, Nerys. Et ne retourne plus vagabonder.

Elle lui répondit d'un miaulement et se mit à ronronner.

◆

Sam garda le silence durant le trajet retour. Au vu de son visage figé, Ryan devina qu'il était anxieux. Sam adorait sa grand-mère, il devait être mort d'inquiétude pour elle.

Ryan ne cessait de se dire qu'il devait aborder le sujet « eux » et ce qu'ils feraient – s'ils faisaient quelque chose – quand ils seraient rentrés. Mais ça ne semblait pas être le bon moment. Sam était préoccupé, et Ryan ne voulait pas ajouter à son stress en lui mettant la pression.

Mais au moment où ils approchaient de chez lui, Ryan ne put garder la bouche fermée plus longtemps. Il devait savoir, il avait besoin d'un indice sur ce que pouvait ressentir Sam et la façon dont ils allaient gérer les choses.

— Alors... euh... bredouilla-t-il en tripotant son ongle pour ne pas être tenté de regarder Sam. Nous n'avons pas eu l'occasion de parler de... tu sais. Ce qui s'est passé.

Éloquent, Ryan. Très éloquent.

— Je me demandais... ce que nous ferions quand nous serons à l'université, la semaine prochaine.

Du coin de l'œil, il vit Sam tourner la tête vers lui avant de reporter son attention sur la route.

— Et toi, que veux-tu ? demanda Sam d'une voix qui fut difficile à déchiffrer. As-tu envie d'essayer et de faire en sorte que ça marche ?

Ryan paniqua. Que voulait-il, bon sang ? Voulait-il qu'ils sortent ensemble ? Être le petit ami de Sam ? Il avait conscience que ses sentiments étaient à des millions de kilomètres de l'amitié. Mais était-il prêt à révéler son homosexualité ? À faire face aux conséquences ? Il n'en était pas certain, et ce n'était pas juste de demander à Sam de se cacher quand il avait choisi d'être franc au sujet de son orientation sexuelle.

— Je ne sais pas, avoua-t-il.

Il chercha comment développer, comment expliquer ses sentiments confus pour Sam avec des mots qui ne l'effraieraient pas. Mais Sam soupira et poursuivit avant qu'il ait eu le temps de former une phrase cohérente :

— OK. Ce n'est pas grave. C'est peut-être mieux que nous restions amis. Et si tu t'inquiètes que j'en parle à quelqu'un... je ne dirai rien. Ton secret est en sécurité avec moi.

Sam freina brusquement à un feu de signalisation, les yeux rivés sur la route, alors que Ryan tentait de déchiffrer son expression.

Ce n'est pas grave.

Ces mots furent comme des fléchettes empoisonnées, envoyant des vrilles de venin qui retournèrent l'estomac de Ryan et lui donnèrent la nausée. La prise de conscience qu'il n'avait été qu'un amusement pour Sam et que ses sentiments n'étaient absolument pas réciproques le blessa plus qu'il ne l'aurait cru possible.

— Oh, d'accord.

Il tira sur une cuticule de son pouce, la brusque douleur le distrayant quand elle se mit à saigner.

— Oui, bien sûr. Nous devrions probablement laisser les choses telles qu'elles sont. Appeler ça une aventure de vacances.

Le feu passa au vert.

— C'est sûrement pour le mieux, soupira Sam d'un ton guindé tandis qu'il passait une vitesse, faisant rugir le moteur.

Peut-être Sam était-il embarrassé par cette conversation. Si c'était le cas, il n'était pas le seul. Au moins, Sam n'ayant pas conscience de son stupide béguin pour lui, ils pourraient rester amis sans que ça devienne gênant. Bien sûr, Ryan panserait ses plaies, mais il s'en relèverait. Il y avait plein d'autres poissons gays dans l'océan, pas vrai ? Ce n'est pas parce qu'il avait été trop idiot pour tomber amoureux de son meilleur ami qu'il ne finirait pas par rencontrer un homme qui prendrait la place de Sam dans ses affections.

Sam tourna dans sa rue, et ils gardèrent le silence jusqu'à ce qu'il se gare devant la porte de la maison de Ryan.

— Bien. Merci de m'avoir raccompagné.

La tentative de jovialité de Ryan sembla feinte, même à ses oreilles.

— Je suppose que je te reverrai à Brighton. Quand rentres-tu ?

Le visage de Sam était fermé et il pianotait sur le volant.

— Probablement pas avant le Réveillon.

— OK. Eh bien, à plus tard, alors.

Ryan ouvrit la portière et sortit. Sam le suivit, restant avec hésitation à quelques pas, tandis qu'il récupérait son sac dans le coffre.

Sam ancra enfin son regard dans le sien, et ils se dévisagèrent durant un long moment. Sam semblait blême, ses lèvres roses se démarquaient nettement contre la pâleur de sa peau. Les cernes sous ses yeux paraissaient plus prononcés que d'habitude, et le cœur de Ryan fit un soubresaut. Ça allait être atrocement difficile de n'être plus que des amis, maintenant qu'il savait ce que c'était d'embrasser Sam et de le tenir dans ses bras. Il laissa tomber son sac sur le trottoir et s'avança, écrasant Sam dans une étreinte « définitivement amicale » qui fut mieux que rien. Sam l'enlaça, et Ryan inspira l'odeur de ses cheveux comme un pathétique loser, souhaitant garder un souvenir de lui en sécurité.

Trop tôt, il sentit les bras de Sam se desserrer, et Ryan le relâcha.

— J'espère que ta grand-mère ira bien. Prends soin de toi, d'accord ? Je te vois pour le Réveillon.

— Oui. À bientôt, Ry.

Les lèvres de Sam s'étirèrent en un sourire triste que Ryan eut envie de faire disparaître d'un baiser. Il se retourna et contourna la voiture, et Ryan le regarda partir, sentant un tiraillement dans son cœur quand le véhicule fut hors de sa vue.

ONZE

Sam agrippa le volant de toutes ses forces tandis qu'il s'éloignait, laissant Ryan sur le trottoir.

Ses yeux le piquaient et sa gorge était comprimée.

— Putain, fait chier, merde, *putain* ! jura-t-il en tentant de ravaler l'énorme boule d'émotions. Je suis un putain d'imbécile. Pourquoi est-ce que je m'inflige ça ?

Il aurait dû réfléchir avant de s'impliquer avec Ryan. Il s'était convaincu qu'il pouvait aussi bien prendre ce qui lui était offert, que cela n'aggraverait pas son béguin. C'était des conneries, car c'était mille fois pire maintenant qu'il avait eu ce qu'il désirait, même brièvement, sans pouvoir le garder.

Il ricana, se remémorant brusquement l'époque où il était enfant. Ils avaient été autorisés à ramener un jouet à l'école, pour le dernier jour de l'année. L'ami de Sam, Max, avait apporté un Buzz l'Éclair, et Sam avait trouvé que c'était la chose la plus cool qu'il ait jamais vue. Max avait adoré la voiture télécommandée que Sam avait apportée, alors ils s'étaient entendus sur un échange. Dans un malentendu typique d'enfants de six ans, Sam avait cru que Max pensait à un échange permanent, pas seulement pour l'après-midi. Quand il avait été l'heure de rentrer, la maîtresse avait littéralement arraché Buzz des mains de Sam pour le rendre à Max. Sam avait été inconsolable, pleurant durant tout le trajet jusqu'à chez lui, jusqu'à ce que sa mère l'apaise avec un gâteau et des dessins animés à la télévision, et Buzz avait été oublié.

Si seulement Ryan pouvait être aussi facile à oublier.

Le pire était que Sam s'était fait de faux espoirs. Il avait réellement cru que Ryan souhaiterait poursuivre afin de voir si ce qui se passait entre eux en valait la peine. Il était persuadé de ne pas avoir imaginé la connexion entre eux. Elle avait dépassé le plan purement sexuel. Ils étaient les meilleurs amis du monde pour commencer. Mais l'amitié différait de l'amour romantique, alors peut-être avait-il vu ce qu'il souhaitait voir. Si Ryan avait désiré plus, ne l'aurait-il pas dit quand Sam lui avait posé la question ? Pour Sam, la réponse de Ryan avait ressemblé à une échappatoire, comme si, avec son « je ne sais pas », il avait essayé de le repousser en douceur.

Sam avait le sentiment d'avoir été repoussé en douceur... sur un matelas enroulé de fils barbelés.

Quand il arriva chez lui, ses parents étaient sur le point de prendre la route. Les valises patientaient dans l'entrée et sa mère enfilait son manteau.

— Oh, quel bon timing, Sam. Je suis contente de te voir avant de partir, dit-elle en attirant son fils pour un câlin, déposant un baiser sur sa joue et le serrant contre elle. J'ai sorti du chili du congélateur pour le dîner ce soir. Ne laisse pas Adam veiller trop tard en jouant sur la Xbox, et si Amy sort avec ses amies, elle doit être rentrée pour vingt-deux heures, au plus tard.

— Compris, maman.

Son père s'avança pour l'étreindre.

— Bienvenue à la maison. Comment s'est passé le trajet retour ? Moins de problèmes, maintenant que la neige a fondu ?

— Oui, oui, ça a été.

Il aida son père à mettre les valises dans le coffre et regarda ses parents partir. Amy sortit pour leur dire au revoir, mais Adam resta plongé dans sa partie multi-joueurs qu'il ne pouvait pas – ou ne voulait pas – mettre en pause.

— Embrassez grand-mère pour moi, dit Sam. J'espère qu'elle ne souffre pas trop.

— Nous reviendrons dans quelques jours, déclara sa mère à travers la vitre ouverte. Nous vous appellerons pour vous informer de la date de notre retour. Prenez soin de vous.

— Et ne saccagez pas la maison pendant notre absence. Pas de fêtes ! avertit son père en se penchant et en agitant un doigt vers eux.

— Ne t'inquiète pas, papa. Je t'ai promis de ne jamais refaire mes dix-huit ans, tu te souviens ?

Dès que ses parents furent partis, Sam monta ses affaires dans sa chambre et se jeta sur son lit. Déballer son sac lui demandait trop d'efforts et il ne savait pas quoi faire de lui-même. Il envisagea d'appeler un ami et de faire des projets, mais il ne pouvait pas sortir au pub puisqu'il était censé surveiller Adam. Il supposait qu'Amy aurait pu assurer le baby-sitting, toutefois il ne se sentait pas d'humeur sociable.

Il démarra son ordinateur portable et parcourut les cours auxquels il serait tenu d'assister durant les premières semaines du prochain semestre. Peut-être pourrait-il se perdre dans le travail en guise de distraction. Il avait une dissertation à rendre pour fin janvier. Il pourrait commencer à écrire quelques notes. Il ouvrit un document vierge, fit un copier/coller de la question en haut de la page, puis fixa la page blanche, sans grande inspiration.

En temps normal, quand il étudiait, il envoyait des messages à Ryan et discutait du projet ou d'une dissertation. Ils avaient les mêmes cours et travaillaient souvent ensemble. Mais aujourd'hui, il hésitait à prendre contact.

Il fixa la feuille blanche, se demandant ce que Ryan faisait. Pensait-il à lui ? Regrettait-il ce qu'ils avaient fait ? Sam espérait que les choses ne seraient pas trop gênantes pour le réveillon du Nouvel An. Ils allaient devoir trouver un moyen de dépasser cela, car il ne supportait pas l'idée de perdre Ryan. Leur amitié serait un prix de consolation, elle était importante pour lui. Sa vie était plus belle avec Ryan à ses côtés.

◆

Pour Ryan, les minutes s'écoulèrent avec lenteur, solitaires et pleines de pensées obsessives à propos de Sam. La veille du retour de sa mère, il parvint à se bouger les fesses et à rendre visite à son père. Ça ne se passa pas trop mal. Pendant le déjeuner, il répondit à un flot de questions au sujet de ses plans de carrière, avant de réussir à amener son père sur le terrain du rugby à la place.

Ce soir-là, il sortit avec quelques anciens amis de lycée, tentant d'échapper à sa dépression post-Sam. Cela fonctionna pour quelques heures. L'alcool qui coulait dans son sang engourdit la douleur et lui donna l'illusion de gaîté. Puis une pinte de trop le fit replonger dans son marasme larmoyant, ses pensées piégées dans une spirale de tristesse, comme de l'eau sale s'écoulant dans un siphon.

Personne ne sembla remarquer son humeur morose. La plupart de ses amis étaient trop éméchés pour y faire attention. Une fille qu'il se souvenait vaguement avoir rencontrée en première discuta un moment avec lui, mais son attention ne fit que lui rappeler que les filles ne l'intéressaient plus désormais. En regardant son décolleté, ses mains douces et ses ongles manucurés, il se demanda comment il avait pu croire que c'était son truc. Mais là encore, quand il jeta un œil autour de la table à ses amis de lycée, il n'eut envie d'en embrasser aucun.

La seule personne qu'il désirait était Sam.

À un moment donné, il s'échappa, prétextant devoir aller aux toilettes, et ne revint jamais.

En rentrant chez lui, à pied, dans le noir, la tête pleine de Sam, il sortit son téléphone et commença à taper un message. *Tu me manques.* Puis, avant de l'envoyer, il y ajouta des mots. *Je crois que je suis amoureux de toi.* Mais il se trompa en écrivant *crois* et le correcteur le changea en *croix.* Il poussa un juron, effaça et retapa, mais refit la même erreur.

Avant qu'il ait eu le temps de finir, il fut distrait par un texto de l'un de ses amis lui demandant :

Où tu es ? T'es parti avec cette fille ?

Ryan répondit :

Non. Je suis rentré, je suis mal fichu.

L'ironie de la réponse « *c'est tellement gay* » le fit ricaner, même si elle piqua. Mais combien de fois avait-il utilisé ce mot quand il était plus jeune, le jetant comme une insulte désinvolte sans penser à ce que cela signifiait ?

Il rangea son téléphone dans sa poche, sa tentative de message à Sam oublié.

◆

Le lendemain matin, Ryan était affalé sur le canapé et regardait la télé, sans réellement prêter attention à l'émission de cuisine qui était diffusée. Tout était trop brillant, trop scintillant, le présentateur et les concurrents étaient bien trop enjoués. Il avait mal à la tête d'avoir bu trop de bière la veille.

Sa mère devait rentrer plus tard dans la journée. Il devait ranger et faire en sorte que la maison soit propre, mais il n'arrivait pas à rassembler suffisamment d'énergie pour bouger.

Il bâilla, puis récupéra son verre d'eau sur la table basse et le vida. Il avait déjà pris du paracétamol une heure avant, pourtant sa tête était toujours aussi lourde. Il ferait mieux de se remuer les fesses et d'aller remplir son verre d'eau, mais il n'en avait aucune envie.

Son téléphone était posé sur la table, près de son verre, le narguant par son silence. En temps normal, Sam et lui restaient en contact pendant les vacances, s'envoyant des messages à propos des devoirs, des émissions télé ou du jeu sur lequel ils jouaient, en compétition pour les plus hauts scores. Mais il n'avait eu aucune nouvelle de Sam depuis qu'ils s'étaient séparés, deux jours auparavant.

Il ramassa son téléphone et ouvrit l'application messages, pensant lui envoyer un texto, juste pour lui dire bonjour. Quand il appuya sur la touche, le texte inachevé de la veille apparut à l'écran.

Tu me manques. Je croix que

Et rien de plus.

Ryan fronça les sourcils, les rouages de son cerveau tournant lentement tandis qu'il tentait de se souvenir de ce qu'il avait voulu dire.

Puis cela le frappa.

— Merde !

Il effaça les mots traîtres. Dans la lumière crue du jour, il frémit en imaginant l'embarras s'il avait envoyé ce message imbibé d'alcool à Sam. *C'était quoi ce bordel ?* D'où était venu ce quasi-échec du mot en A ? Il ne s'était jamais permis d'associer consciemment ce mot à sa relation avec Sam auparavant.

Son téléphone toujours à la main, il ferma les yeux et cessa de lutter pour repousser ses pensées au sujet de Sam. Il laissa les images affluer dans son esprit, comme une bobine de cinéma rejouant leur temps passé ensemble. À étudier, sociabiliser, jouer aux jeux vidéo, discuter... Puis il se remémora leur séjour au cottage. Son cœur enfla quand il se rappela leur premier baiser. Le gui avait été l'impulsion parfaite, lui donnant enfin le courage de faire le premier pas. Il avait eu tellement peur que Sam ne l'embrasse pas en retour ou qu'il s'écarte et en rie comme d'une blague. Mais Sam l'avait attiré à lui et l'étincelle s'était embrasée entre eux, allumant en Ryan quelque chose qui couvait depuis longtemps. Chaque regard qui avait suivi, chaque toucher n'avaient fait que renforcer le feu. Et le sexe... même les branlettes maladroites de la première nuit avaient été meilleures que tout ce que Ryan avait fait jusque-là. Pas à cause de ce qu'ils avaient fait, mais parce que ça avait été avec Sam.

Ryan soupira et roula sur le flanc sur le canapé, serrant un coussin contre son torse. La télé était toujours allumée et les bavardages stupides emplissaient la pièce. Seul dans la maison de sa mère, il se sentit si isolé et triste qu'il en eut mal.

L'unique personne qu'il avait envie de voir était Sam.

Sa mère et Barry rentrèrent le vingt-neuf, bronzés, heureux et débordants d'histoires sur leur voyage. Ryan était content de revoir sa mère, évidemment, mais il eut du mal à masquer son humeur morose face à leur bonheur amoureux.

Barry faisait partie du paysage depuis près de neuf mois maintenant. Il semblait être un homme bien, mais Ryan ne se sentait pas très à l'aise en sa présence. Elle avait laissé entendre que Barry pourrait emménager avec elle au printemps, ce qui serait étrange. Mais Ryan ne vivait plus beaucoup ici, ce n'était donc pas ses affaires. Cependant, il était content que sa mère ait l'air heureuse.

Le jour de leur retour, Ryan passa la soirée avec eux. Ils commandèrent des plats à emporter et, après dîné, sa mère lui montra leurs photos de vacances. Ils regardèrent un peu la télé, mais Barry s'endormit et se mit à ronfler, alors la mère de Ryan le secoua et lui ordonna d'aller se coucher.

— Est-ce que ça va, chéri ? demanda-t-elle, une fois Barry monté à l'étage. Tu es bien silencieux.

— Oui, répondit-il, de manière peu convaincante, alors il y mit plus d'enthousiasme. Oui, ça va.

— Des problèmes de filles ? insista sa mère en plissant les yeux.

Ryan s'empourpra, mal à l'aise face à son intuitivité, même si elle avait manqué sa cible.

— Rien que je ne puisse pas gérer. Ça va aller.

— J'espère. Il est temps que tu ramènes une fille à la maison. Tu ne pourras pas éternellement jouer les Casanova, tu sais. Ce serait bien que tu te poses un peu.

Ryan n'avait pas prévu d'avouer quoi que ce soit à sa mère, pas encore. Mais merde ! Il était sûr de lui, alors pourquoi repousser l'inévitable ? Son rythme cardiaque grimpa en flèche, les mots se formant dans son esprit avant qu'il ouvre la bouche et les laisse sortir.

— Et si ce n'était pas une fille ? murmura-t-il, sa voix vacillant un peu.

Sa mère écarquilla les yeux.

— Si je ramenais un garçon à la maison ?

Il y eut une longue pause, et les yeux de sa mère se mirent suspicieusement à briller. Elle cilla.

— Ce serait... ce serait bien. Mais vraiment, Ryan ? Tu es sûr ?

Il serra les dents et prit une lente inspiration prudente.

— Je suis gay, maman.

Voilà. C'était dit.

— Tu crois que je t'en aurais parlé si je n'avais pas été sûr ?

— Tu es encore jeune.

— Je suis assez vieux pour me poser manifestement.

Il tenta de repousser la pointe de colère dans sa voix. Crier sur sa mère ne servirait à rien.

— Tu ne peux pas avoir les deux, maman.

— Oui, évidemment. Je suis désolée.

Elle se leva du canapé où elle avait pris place avec Barry et traversa la pièce pour se percher sur l'accoudoir de Ryan. Il refusa de lever les yeux vers elle quand elle lui prit la main.

— Je veux juste que tu sois heureux, Ryan. Écoute-moi.

Elle lui serra la main, ses doigts fermes et rassurants. Il leva la tête et vit les larmes dans ses yeux, mais elle lui souriait.

— Je me fiche de savoir qui te rend heureux. Tant que cette personne t'aime et que tu l'aimes en retour. C'est tout ce qui compte.

Une vague d'émotion brûlante obligea Ryan à cligner des paupières pour chasser les larmes.

— OK. Bien.

— Oh, viens là, veux-tu ? Fais-moi un câlin, pour l'amour de Dieu !

Sa mère l'attira à elle, se pliant maladroitement afin de pouvoir enrouler les bras autour de ses épaules, tandis qu'il enlaçait sa taille. Ryan posa la tête sur son ample poitrine, inspirant la fragrance du parfum qu'elle portait depuis toujours.

— Merci, maman.

— C'est Sam, n'est-ce pas ? demanda-t-elle, la voix bruyante à son oreille, là où elle vibra dans sa poitrine.

Cela lui rappela l'époque où, petit garçon, il lui faisait un câlin pendant qu'elle lui chantait des comptines.

— C'est lui qui te tracasse ?

— C'est si évident ?

— Tu as passé Noël seul avec lui et maintenant tu ressembles à un chiot abandonné. Je ne suis peut-être pas allée à l'université comme toi, mais il ne faut pas être un génie pour faire le lien.

Elle le relâcha, se redressa sur l'accoudoir et lui caressa les cheveux d'un geste tendre.

— Je crois qu'il veut qu'on reste amis, chuchota Ryan d'une voix rauque.

— Et tu veux plus ?

Il hocha la tête, malheureux.

— Je suis désolée, Ry, soupira-t-elle, son expression reflétant la sienne. C'est dans des moments comme celui-ci que j'aimerais posséder une baguette magique ou une machine à remonter le temps. Parce que ça ne semble pas être le cas maintenant, mais si Sam et toi n'êtes pas censés être ensemble... avec le temps, tu t'en remettras.

— Je sais.

Ryan la croyait. Mais il n'avait aucune envie de se remettre de Sam. Il voulait être avec lui.

— Tu devrais peut-être lui en parler ? Juste pour être sûr ? À moins qu'il sache ce que tu ressens, tu ne peux pas être certain qu'il ne t'aime pas en retour.

— Peut-être.

Il n'était pas convaincu. Il n'était pas certain de pouvoir supporter un autre rejet.

— Bon, maman, je vais aller au lit. Je me suis couché tard cette nuit.

Il se leva et elle l'imita, le serrant de nouveau dans ses bras.

— Bonne nuit, mon amour. Dors bien.

— Toi aussi.

Le corps de Ryan fut aussi lourd que du plomb tandis qu'il se traînait à l'étage. Même éreinté, il resta longtemps éveillé avant de finalement sombrer dans le sommeil. La tête douloureuse et le cœur blessé. Ryan aurait aimé lui aussi posséder une baguette magique.

DOUZE

Les parents de Sam furent de retour le trente. Sa grand-mère était rentrée chez elle et se rétablissait, avec l'aide d'un voisin.

Ils avaient organisé un mini réveillon de Noël, ce soir-là, avec du poulet rôti à la place de la dinde et des gâteaux et des cotillons à moitié prix, et ils avaient joué aux vieux jeux de société préférés de la famille. Plus tard, ils s'étaient lancés dans une battle de danse épique sur Wii, qui s'était soldé par la victoire d'Amy, comme toujours, et Adam, balançant la manette à travers la pièce, dans un accès de colère feint. Quand il était plus jeune, cela avait été de véritables colères, mais il était moins mauvais joueur qu'il l'était à l'époque.

Le matin du réveillon du Nouvel An, Sam ouvrit les yeux avec une sensation de nervosité. Depuis son retour, il s'était plongé dans les devoirs et la surveillance de son frère et de sa sœur afin de se tenir occupé, mais Ryan n'avait jamais été très loin de ses pensées. Maintenant, à quelques heures de revenir vivre dans cette maison qu'il partageait avec Ryan et de le revoir tous les jours, il était aussi anxieux que s'il était sur le point de passer ses examens de fin d'année. Ils n'avaient pas communiqué depuis qu'ils s'étaient dit au revoir, le jour de Noël, ce qui était tout à fait inhabituel pour eux. Sam ne s'était jamais senti aussi en décalage avec Ryan. Il n'avait pas la moindre idée de ce qui se passait dans la tête de Ryan ni de la façon dont cela allait se dérouler quand ils se retrouveraient.

Ils feraient en sorte que ça fonctionne. Il le fallait. Sam n'était pas disposé à foutre leur amitié en l'air pour quelques baisers volés et des orgasmes.

Sa mère le déposa à la gare dès qu'il eut fait ses adieux au reste de la famille. Elle sortit de la voiture pour l'enlacer.

— Prends bien soin de toi. Et ne dépense pas tout ton argent dans la bière, tu dois manger un peu plus.

Elle le relâcha et l'étudia, les sourcils froncés.

— Je suis sûre que tu es plus mince qu'avant Noël. Comment est-ce possible ?

Sam haussa les épaules.

— Tu me connais, je ne garde rien.

Il n'avait pas eu grand appétit ces derniers jours et son jean skinny ceignait moins ses hanches.

— Amuse-toi bien, ce soir. Et appelle-nous.

— Je le ferai. Je ferais mieux d'y aller ou je vais rater mon train. Au revoir, maman.

— Au revoir, chéri.

Il hissa son sac sur son épaule et mit ses écouteurs tandis qu'il marchait en direction de l'entrée de la gare, puis il se tourna et salua sa mère de la main avant de franchir les portes et de disparaître dans le flot de voyageurs.

◆

Quand il entra dans la maison qu'il partageait avec Ryan, Jon et leur colocataire, Anthony, de la musique se déversait de la cuisine et des voix se disputaient. Il tendit l'oreille et son ventre se contracta de nervosité lorsqu'il entendit celle de Ryan s'élever au-dessus des autres. Visiblement, ils se chamaillaient à propos de la vaisselle... pour changer.

Les paumes moites, il se dit qu'il était ridicule, mais ça n'aida pas. L'angoisse persista. Prenant une profonde inspiration, il décida de se jeter à l'eau. Il abandonna son sac dans l'entrée et s'avança pour saluer ses colocataires, la tête haute.

— Rien de tout ce désordre n'est de mon fait, à part cette satanée casserole, aboyait Ryan en désignant la pile de vaisselle sale près de l'évier. Je ne suis revenu qu'hier, il est hors de question que je lave ta merde juste parce que tu as décidé que c'était mon tour.

Dos à Sam, il ne le vit donc pas arriver. Mais Jon, qui était face à celui qui lui criait dessus, croisa le regard de Sam par-dessus l'épaule de Ryan, et ses traits s'éclairèrent.

— Salut, Sammy. Comment ça va, mec ?

Jon passa devant Ryan et attira Sam dans une accolade virile, lui ébouriffant les cheveux, avec cette agaçante habitude.

— Pas si mal. Arrête ça, connard.

Sam lui échappa, balayant les mèches qui étaient tombées devant ses yeux. Ryan s'était retourné, et Sam fouilla son regard, à la fois effrayé et plein d'espoir quant à ce qu'il pourrait y trouver.

— Salut, dit Sam.

Ryan semblait hébété, maintenant qu'il avait cessé de hurler. Les joues rouges, il soutint son regard, ses yeux bruns intenses et insondables.

— Salut.

L'estomac de Sam fit un salto. Oui. Il était foutu. Il lui serait impossible de se comporter normalement en présence de Ryan. Il essayerait, car Ryan le dévisageait comme si une deuxième tête lui avait poussé, et s'il ne se détendait pas, Jon finirait par remarquer que quelque chose n'allait pas.

Il s'avança, s'attendant à moitié à ce que Ryan tressaille quand il l'enlaça pour le saluer. Mais Ryan lui rendit son étreinte et, l'espace d'un instant, Sam inspira l'odeur chaude et musquée de sa peau et de ses cheveux. Son corps répondit immédiatement, son sexe s'épaississant lorsque sa fragrance fit remonter les souvenirs de leurs récentes rencontres plus intimes.

Sam s'écarta rapidement, luttant contre son indésirable excitation. Les joues de Ryan étaient encore plus rouges à présent, et il évita le regard de Sam, se détournant et commençant à faire couler l'eau dans le bac à vaisselle. Il avait manifestement décidé que même la vaisselle détestée était préférable au fait d'interagir avec Sam.

— Anthony est revenu ? demanda Sam, essayant de remplir ce silence gênant.

— Non, il a envoyé un message pour dire qu'il serait là dans une heure ou deux, répondit Jon, semblant inconscient de la tension entre ses deux amis. Et j'ai dit aux gens de venir à partir de vingt heures.

— OK, cool. Je vais aller acheter de la bière.

— Oui, moi aussi, ajouta Jon en se versant un verre de

jus d'orange sorti du frigo. Nous devons aussi acheter des trucs à grignoter. J'ai demandé à ce qu'on amène de la nourriture et de l'alcool, mais qui sait avec quoi nous allons finir. Ma voiture est réparée, nous pourrons aller faire les courses au supermarché.

◆

Il fut incroyable de voir avec quelle facilité on pouvait éviter une autre personne dans une maison de quatre chambres quand on y mettait suffisamment du sien.

Sam devina que Ryan se tenait également loin de lui, car ils se virent à peine durant tout le restant de l'après-midi. Jon prit les commandes, comme il le faisait souvent, coordonnant l'organisation en leur dressant une liste de choses à faire afin que tout soit prêt pour la fête.

Sam accompagna Jon au supermarché dans sa vieille guimbarde. Elle avait peut-être été réparée, mais elle semblait toujours sur le point de tomber en rade d'un instant à l'autre. Ils avaient laissé Ryan brancher les haut-parleurs dans le salon, tandis qu'Anthony accrochait une boule à facettes et des spots qu'ils avaient empruntés à l'un des colocataires de Trina.

Lorsque Sam et Jon revinrent, il ne restait qu'une heure avant que leurs invités arrivent. Ils avaient acheté des pizzas pour le dîner, qu'ils mangeraient avant le début de la fête. Ils les mirent au four et déballèrent la bière et les encas. Anthony vint leur donner un coup de main et s'ouvrit une bière.

— Première gorgée de la soirée. À la vôtre, les gars.

Jon et Sam en prirent une aussi et la décapsulèrent.

— Où est Ryan ? ne put s'empêcher de demander Sam.

— À la douche, lui apprit Anthony. Du moins, il l'était. Il doit se coiffer maintenant. Ça lui prend toujours une éternité.

Sam était occupé à tenter de fourrer autant de bouteilles de bière que possible dans le frigo quand Jon siffla.

— Quelle beauté, Ryan ! Quelle chanceuse essaies-tu d'impressionner ce soir ?

Sam tourna si vite la tête qu'il manqua de peu de se faire le coup du lapin et fixa Ryan, qui entrait dans la cuisine. Il était beau comme un dieu. *Littéralement*, songea Sam tandis que sa fréquence cardiaque augmentait d'une façon qui ne pouvait pas être saine. Le jean indigo de Ryan s'accrochait à lui comme une seconde peau, dévoilant chaque courbe et chaque ligne de ses cuisses musclées et du généreux renflement de son entrejambe. Un tee-shirt blanc uni, col V, étreignait son torse à la perfection, suffisamment moulant pour exposer une bonne partie de ses pectoraux et de ses clavicules. Son visage était inexpressif, mais ses joues étaient rouges – à cause de l'attention ou de la chaleur de la douche, qui savait ? Ses cheveux étaient artistiquement coiffés en pics donnant l'impression qu'il venait de se lever. Les lèvres de Sam s'étirèrent malgré lui, car depuis cette semaine, il savait que Ryan ne ressemblait en rien à cela au saut du lit. Ses cheveux étaient plats d'un côté et un vrai nid-d'oiseau à l'arrière. Objectivement, c'était un meilleur look maintenant, mais Sam avait adoré passer ses doigts dans sa coiffure au naturel.

Ryan ne répondit pas à la question rhétorique de Jon.

Son regard se posa brièvement sur Sam, sans toutefois s'arrêter.

— C'est de la pizza que je sens ? Je meurs de faim.

— Oui, elles seront bientôt cuites, l'informa Jon. Bière ? Nous avons commencé sans toi.

— Oui.

Ryan vint se placer près de Sam. Celui-ci sentit la chaleur de son corps et l'odeur d'agrumes de son shampoing quand il passa devant lui pour sortir une bouteille de la porte du frigo.

— Santé !

Ils s'assirent autour de la table de la cuisine en attendant que la minuterie du four sonne. Sam garda les yeux rivés sur la bouteille devant lui, traçant des motifs dans la condensation. Jon et Anthony entretenaient la conversation. Sam intervenait de temps à autre, mais il avait du mal à participer. Ryan gardait le silence, présence calme et tendue à ses côtés.

Pendant le repas, la conversation se porta sur Noël. Jon raconta à Anthony son voyage avorté avec Trina au Pays de Galles.

— Donc vous n'y êtes pas allés finalement ? demanda Anthony.

— Non. Une fois la voiture réparée, il s'est mis à neiger, alors nous n'avons pas pu partir.

— Et vous, vous avez réussi à rentrer sans encombre ? s'enquit Anthony, s'adressant à Sam et Ryan.

— Oui, mais pas avant le jour de Noël, lui apprit Sam.

— C'est dingue ! Vous êtes restés coincés tous les deux pendant... quatre nuits au milieu de nulle part ?

Sam sentit Ryan se crisper près de lui.

— Plus ou moins.

Sam se félicita d'être parvenu à conserver un ton léger et indifférent. Peut-être devrait-il envisager une carrière d'acteur après avoir obtenu son diplôme. Le silence de Ryan le rendait fou, alors il tenta de l'impliquer dans la discussion.

— Nous avons quand même mangé un repas de Noël, pas vrai, Ryan ?

— Oui, c'est vrai.

Ryan mordit à l'hameçon et se lança dans une explication sur leur rencontre avec Mari et la façon dont ils avaient passé le réveillon en sa compagnie. Bien sûr, il ne parla pas de ce qu'ils étaient en train de faire quand ils avaient trouvé Nerys dans les fourrés.

Dès qu'ils eurent fini de manger, les trois autres se relayèrent pour prendre leur douche. Sam fut le dernier et se retrouva quasiment sans eau chaude. Alors qu'il retournait dans sa chambre en claquant des dents, une serviette enroulée autour des hanches, couvert de chair de poule et les tétons dressés, il faillit heurter Ryan, qui arrivait dans l'autre sens.

— Oups, excuse-moi, marmonna Sam, les dents serrées, un frisson secouant son corps.

La façon dont les yeux de Ryan errèrent sur son torse et sur son ventre fut comme un seau d'eau brûlante versé sur lui. Il s'écarta, essayant de se faufiler dans l'espace étroit, mais Ryan se décala dans la même direction.

— Désolé.

— Désolé.

Ils s'engagèrent dans une danse maladroite au beau milieu du couloir, avant que Sam tente de forcer le passage. Mais la main de Ryan sur son bras, chaude sur sa peau froide, l'en empêcha.

— Il faut qu'on parle.

Ryan avait-il réfléchi ? Le pouls de Sam s'emballa d'espoir et d'anxiété.

— Euh… d'accord.

Ils entendirent Jon et Anthony discuter dans le salon, mais Ryan garda la voix basse :

— Les choses sont bizarres entre nous et je ne sais pas comment arranger ça.

Le cœur de Sam sombra, comme une lourde pierre glaciale. Il se maudit intérieurement de s'être de nouveau fait de faux espoirs, et la colère le gagna.

— J'essaie d'agir normalement. C'est toi qui es incapable d'enchaîner plus d'une phrase et maintenant tu me coinces dans le couloir alors que je suis à moitié nu. En ce qui me concerne, ce n'est pas un problème. Les gens savent déjà que je suis gay.

Ryan lâcha son bras comme s'il s'était brûlé.

— J'essaie, souffla-t-il d'une voix rauque. C'est plus dur que ce que je pensais.

— Je croyais que tu avais l'habitude de jouer aux hétéros, répliqua Sam, tâchant de parler à voix basse, mais cela sortit comme un sifflement amer. Tu le fais depuis assez longtemps.

Ryan s'empourpra violemment, comme si Sam l'avait giflé.

D'un coup d'épaule, Sam le dépassa pour rejoindre sa

chambre. Des larmes qu'il ne voulait pas que Ryan voie lui piquaient les yeux. Il claqua si fort la porte derrière lui que son bureau en trembla.

S'obligeant à respirer lentement, il appuya les talons de ses paumes contre ses yeux et ravala son envie de pleurer.

La maison allait déborder de fêtards pour la soirée, ce n'était pas le moment de s'écrouler. Il garderait ça pour le lendemain.

TREIZE

Ryan fixa la porte que Sam venait de lui claquer au nez, blessé par cette colère inattendue. Il n'avait pas la moindre idée de ce qu'il avait fait pour le contrarier à ce point. Il avait voulu éclaircir les choses, sauver leur amitié, peut-être se montrer honnête au sujet de son désir d'en avoir plus avec lui. Mais il n'avait pas réussi à trouver les bons mots et il semblait à présent avoir par inadvertance envenimé la situation.

Fait chier !

Ils ne parviendraient visiblement pas à entretenir une conversation rationnelle ce soir. Ça allait devoir attendre. Il carra les épaules et descendit à la recherche d'une autre bière.

◆

La fête battait son plein.

Ryan était adossé contre un des murs du salon bondé. La musique pulsait en lui comme un battement de cœur externe, envoyant de profondes vibrations dans ses os. Il regarda sa montre. Presque vingt-trois heures trente. Un peu plus de trente minutes avant minuit. Leur maison débordait d'étudiants éméchés. Des gens de leurs cours, des potes du rugby, des amis des amis. Tout au plus, il connaissait la moitié des visages présents.

Toute la soirée, il avait surveillé Sam. Il n'avait pas pu s'en empêcher. Ils s'étaient plusieurs fois croisés dans la lumière vive de la cuisine en allant chercher une bière, au milieu de la foule de danseurs, se frôlant dans les escaliers. Chaque fois, ils avaient évité le regard de l'autre, échangeant à peine quelques mots. Ryan était encore blessé par les paroles dures de Sam et il ne savait pas comment y remédier.

— Hé, Ry.

Une main douce s'enroula autour de son bras. De longs doigts manucurés creusèrent son biceps, tandis qu'une fille se penchait pour lui parler à l'oreille, tentant de se faire entendre par-dessus la musique.

— Ça fait longtemps. As-tu passé un bon Noël ?

Ryan croisa le regard plein d'espoir de Caroline, l'une des nombreuses filles avec qui il avait couché l'année précédente. L'une des rares qu'il avait sautées plus d'une fois. Elle s'était montrée assez insistante, n'acceptant pas non comme réponse quand il avait marmonné de vagues excuses sur le fait de ne pas faire dans les « relations ». Elle était magnifique à regarder, mais elle le savait et avait interprété son manque d'intérêt comme un défi.

— Oui, pas mal, merci. Et toi ?

Il inspira l'odeur écœurante et trop douce de son parfum, luttant contre le désir de se dégager de sa prise.

Elle s'approcha, posant son autre main sur son torse, la faisant courir le long de sa cage thoracique d'une façon qui lui donna envie d'échapper à son contact.

— L'habituelle réunion de famille ennuyeuse. C'est bon d'être de retour à l'université. Tellement plus de potentiel pour s'amuser.

Ses mots dégoulinaient de suggestions peu subtiles.

Caroline se plaça devant lui. Proche, trop proche. Elle agrippa fermement ses hanches et pressa de manière agressive son ventre contre son sexe totalement indifférent.

— Qui vas-tu embrasser à minuit ? demanda Caroline en relevant le visage dans un geste d'invitation.

Ryan n'avait pas envie de se comporter comme un con. Il l'avait déjà déçue une fois, le moins qu'il pouvait faire était d'être poli. Mais il n'avait aucune envie qu'elle se fasse de fausses idées. Il saisit ses poignets et les éloigna, les maintenant essentiellement pour l'empêcher de le peloter de nouveau.

— Je n'ai aucun plan, répondit-il, visant à la taquiner, mais pas l'encourager.

Il jeta un coup d'œil par-dessus l'épaule de Caroline, cherchant une porte de sortie, et se figea en repérant Sam dans la foule. Il dansait, ses hanches fines ondulant. Un gars, que Ryan connaissait de vue sans parvenir à le restituer, avait les mains autour de la taille de Sam et se pressait contre son dos. Une affreuse pointe de jalousie poignarda Ryan, lui donnant une sensation de malaise.

Puis, comme s'il sentait les yeux de Ryan sur lui, Sam leva la tête et regarda dans sa direction. Il s'immobilisa en fixant l'endroit où Ryan tenait toujours les mains de Caroline, avant de se tourner dans les bras de son partenaire et d'enlacer son cou, tandis qu'ils se balançaient au rythme de la musique.

Ryan lâcha Caroline et s'extirpa du mur contre lequel elle le coinçait. Désormais, il se moquait de la repousser avec douceur. Il avait juste envie d'échapper à la musique assourdissante et à la chaleur suffocante des corps qui l'entouraient.

— Je dois aller pisser, mentit-il.

— Assure-toi de me retrouver après, minauda-t-elle en calant une mèche de cheveux au balayage parfait derrière son oreille.

Ryan ne répondit pas. Il s'éloignait déjà.

Sa chambre était vide et relativement calme en comparaison du rez-de-chaussée plein à craquer. Il avait pris soin de la verrouiller de l'extérieur avant de descendre, car la dernière fois qu'ils avaient organisé une fête, un imbécile avait renversé de la bière partout sur son ordinateur.

Il s'affala tête la première sur son lit, la tête douloureuse d'émotions réprimées plus que des bières qu'il avait bues. Il y était allé doucement, ne se faisant pas confiance pour ne pas faire quelque chose de stupide s'il était ivre.

Il serra son oreiller et resta allongé un moment, se sentant misérable malgré les basses qui vibraient à travers le plancher et les occasionnels haussements de voix ou éclats de rire qui pénétraient sa bulle de solitude.

On frappa à sa porte, mais il l'ignora. Qui que ce soit, il pouvait aller se faire voir. Il s'était enfermé à clé et n'avait aucune intention de bouger dans un futur proche.

Les coups persistèrent, passant des légers coups d'articulations aux coups de poing.

— Ryan, laisse-moi entrer. Je sais que tu es là.

Le cœur de Ryan fit un saut périlleux en entendant la voix de Sam.

— Qu'est-ce que tu veux ?

— Laisse-moi entrer !

Il se leva. Il déverrouilla sa porte et l'ouvrit. Sam le bouscula pour entrer et referma derrière lui, tournant à nouveau la clé. Puis il s'adossa au battant.

— Merci, dit-il en poussant un soupir de soulagement. Je peux me cacher ici jusqu'à minuit ?

Sam avait les joues rouges d'avoir dansé et ses cheveux étaient encore plus ébouriffés que d'habitude, tombant devant ses yeux. Les doigts de Ryan le démangèrent à l'idée de les repousser, de s'enfouir dans les mèches et de les tirer.

— Si tu veux.

— Et... je suis désolé pour tout à l'heure.

— Euh... d'accord.

Ryan ne savait pas trop quoi dire au sujet de l'étrange désaccord qu'ils avaient eu plus tôt sur le palier.

— De qui te caches-tu ? demanda-t-il à la place.

— Du mec en bas. Il se montre insistant, et je ne suis pas intéressé.

Une vague de soulagement balaya Ryan.

— Vraiment ? Tu me semblais pourtant très intéressé.

— Je dansais, c'est tout. Il est trop tactile, alors je l'ai viré. Je ne cherche pas de coup d'un soir.

Le rougissement de Sam s'approfondit et il baissa les yeux.

— Et toi, pourquoi es-tu enfermé ici ? Tu avais l'air très proche de Caroline.

— Je suis gay, tu te souviens.

Ryan ne pouvait détourner les yeux du visage de Sam.

La lumière du plafonnier faisait ressortir les taches de rousseur couleur cannelle sur le nez de Sam, en contraste avec sa peau pâle. Ses lèvres étaient d'un rose profond, brillantes, comme si elles avaient embrassé quelqu'un.

Alors que Ryan les fixait, Sam les humecta nerveusement, les mouillant encore plus, et son regard se releva pour s'ancrer dans celui de Ryan.

— C'est vrai. Comment oublier ?

La colère de Ryan grimpa en flèche en entendant le ton sarcastique de Sam. *Ça recommence.*

— C'est quoi ton problème, putain ? s'exclama-t-il. Tu as dit que tu voulais que nous restions amis. J'essaie, d'accord. J'essaie. Alors pourquoi te comportes-tu comme un con ? Si tu ne veux pas de moi, qu'est-ce que ça peut te faire si je couche avec Caroline ? Pas que j'en aie envie. Mais sérieux ! Tu as dit que ce qui s'était passé entre nous n'était pas grave, alors en quoi ça t'importe ?

— Attends... quoi ?

Un petit pli de confusion barrait le front de Sam.

— Je croyais que c'était ce que tu voulais. Je t'ai demandé si tu avais envie de poursuivre ce qu'il y avait... entre *nous*. Mais tu n'as pas franchement sauté sur l'occasion.

Ryan se remémora leur conversation dans la voiture, tentant de se souvenir des mots exacts de Sam.

— Je n'ai pas dit non.

Il était certain de ne pas avoir dit non. Pourquoi l'aurait-il fait ?

— Tu n'as pas dit oui non plus.

— J'étais perdu, se défendit Ryan. Nous n'avions pas eu la chance d'en discuter, puis tout s'est enchaîné et j'essayais de réfléchir à ce que je souhaitais, parce que tout ça est nouveau pour moi et que j'avais peur de ce que ça signifierait pour moi si nous passions d'être amis à... *plus* que ça. Mais, Sam, putain ! Je t'aime vraiment beaucoup, et pas simplement en tant qu'ami.

Ryan marqua une pause, le cœur battant la chamade tandis qu'il essayait de déchiffrer l'expression de Sam. Il avait l'air abasourdi, les lèvres entrouvertes, les yeux rivés sur Ryan, comme s'il essayait de trouver un sens aux mots qui venaient de sortir de sa bouche.

— J'ai avoué mon homosexualité à ma mère, poursuivit Ryan. Pas encore à mon père, mais je le ferai. Bientôt. Et à mes autres amis. Même si tu ne veux pas sortir avec moi, j'ai quand même fait mon coming-out. Je suis prêt à être honnête sur celui que je suis.

Sam cligna des yeux.

— Évidemment que je veux sortir avec toi, crétin ! Je suis amoureux de toi depuis... je ne sais même pas quand exactement. Il faudrait que je réfléchisse. Mais ça fait bien trop longtemps, avoua Sam avant de violemment s'empourprer en se rendant compte de sa confession. Oh mon Dieu, je suis désolé ! C'est probablement trop de pression. Peuxtu oublier ce que j'ai dit, s'il te plaît ?

Sam baissa la tête et balaya les cheveux qui retombaient sur son front. Mais les mèches lui revinrent devant les yeux.

Ryan tendit la main et les cala derrière son oreille. Ses doigts s'attardèrent sur la joue de Sam en une tendre caresse, le chaume de Sam éraflant la pulpe de son pouce.

— Merde, Sam, je...

— Tu n'es pas obligé de me répondre. Juste parce que je

suis incapable de garder ma stupide bouche fermée, le coupa Sam d'une voix ferme en levant le visage pour le regarder droit dans les yeux, les joues rouges et chaudes.

Ryan le contempla, mais il devait répondre.

— J'allais te dire que j'ai failli t'envoyer un texto, un soir où j'avais bu, pour t'avouer que j'étais amoureux de toi.

— Tu *étais* amoureux de moi ? répéta Sam en haussant les sourcils, mais ses lèvres s'ourlèrent en un sourire taquin.

Il posa les mains sur la taille de Ryan et exerça une légère pression, sans l'attirer ni le repousser.

— Je le *suis*, affirma Ryan, ses doigts caressant toujours la joue de Sam, son pouce approchant de la commissure de ses lèvres.

Au rez-de-chaussée, la musique se coupa brutalement, et ils entendirent le bruit des voix se mettre à hurler le décompte de minuit.

— *Dix, neuf, huit...*

— Je veux t'embrasser à minuit, déclara soudain Ryan, sûr de lui.

Plus d'hésitation, plus d'incertitude. Son cœur battait la chamade.

— Eh bien, vas-y.

Les lèvres de Sam s'étirèrent en un sourire qui lui coupa le souffle.

— Pas ici.

Sam plissa le front.

— *Six, cinq, quatre...*

— Viens.

Ryan l'attrapa par le poignet et l'écarta de la porte afin de pouvoir l'ouvrir. Puis il sortit sur le palier et descendit les marches en courant en direction du salon bondé, traînant Sam derrière lui.

— *Deux, un !*

À la télé, le premier carillon de Big Ben retentit dans le
silence momentané, puis les acclamations de la foule
explosèrent.

La pièce fut remplie de gens se serrant dans les bras,
s'embrassant et se criant des vœux de bonne année.

Ryan conduisit Sam au milieu de la foule et se tourna
face à lui. Il se moquait de qui les regardait, plus de gens les
voyaient, mieux c'était. Il était sur le point de faire son
coming-out, et il allait le faire avec style. Ça leur donnerait
un sujet de conversation le lendemain.

— Bonne année, chuchota-t-il, sachant que même si
Sam ne pouvait l'entendre dans ce brouhaha, il le lirait sur
ses lèvres.

Il vit la bouche de Sam articuler les mêmes mots, et ils
se sourirent comme des idiots. Un feu d'artifice tonna
quelque part, dans un jardin à proximité.

— Eh bien, vas-y, répéta Sam en posant les mains sur
ses hanches et l'attirant à lui.

Des bulles s'élevèrent et éclatèrent dans la poitrine de
Ryan, comme une explosion de champagne secoué après
que le bouchon avait sauté, et il se pencha et posa les lèvres
sur celles de Sam. Il sentit Sam sourire contre sa bouche et
il l'imita, puis il retraça ses lèvres du bout de la langue. Sam
s'ouvrit pour lui, le laissant entrer pour un baiser profond
qui fut à la fois tendre et douloureusement doux. Il encadra
le visage de Sam de ses paumes, inclinant son visage dans le
bon angle, et Sam enroula les bras autour de sa taille, se
plaquant contre lui jusqu'à ce que leurs hanches soient

parfaitement alignées. La chaleur monta entre eux, lente et indolente.

Il n'y avait aucune hâte.

Ils avaient tout le temps du monde, réalisa Ryan. Ils ne vivaient plus en sursis, en dehors de leurs vies normales, coincés au milieu de nulle part par une tempête de neige. C'était leur nouvelle réalité. Vivre ensemble, s'aimer, être amis et – songea Ryan – petits amis.

2015 allait être la meilleure année de tous les temps.

QUATORZE

Lorsque Ryan se réveilla le lendemain matin, l'espace d'un instant, il ne sut pas où il était. Les posters accrochés au mur n'étaient pas les siens et la fenêtre était au mauvais endroit. Il était allongé sur le dos et fixait le plafond dans la faible luminosité, attendant que son cerveau se remette lentement en marche. Puis un corps chaud remua près de lui, et il sentit une peau nue contre la sienne. Un bras s'enroula autour de son ventre et les souvenirs lui revinrent.

Sam.

La nouvelle année.

Le baiser à minuit.

Le bonheur monta en lui comme une montgolfière et un sourire étira ses lèvres.

Il réprima un rire en se souvenant de la réaction de leurs amis : amusement, surprise, excitation. Caroline avait été franchement énervée, mais tous les autres avaient été cool, même si Anthony avait été vexé à l'idée que Ryan se soit « envoyé autant de chattes » alors qu'il n'était même pas attiré par les filles. Trina l'avait claqué derrière la tête pour avoir qualifié les filles de chattes, et ils avaient fini par se disputer à ce sujet et les gens avaient perdu tout intérêt à bavasser sur leur compte.

Après cela, la fête était progressivement arrivée à son terme, et Sam et Ryan s'étaient échappés pour aller se coucher. Fatigués et un peu éméchés, ils s'étaient déshabillés, ne gardant que leur boxer, et avaient rampé dans le lit, s'embrassant pendant ce qui avait paru des heures avant de s'endormir.

Sam bougea, se rapprochant, et Ryan sentit sa dureté contre sa hanche. Son sexe répondit, s'épaississant et tendant son caleçon. Il se tourna sur le flanc, repoussant doucement Sam sur le dos, déposant un chemin de baisers paresseux sur son torse. Les tétons de Sam se dressèrent quand la couverture glissa plus bas.

— Bonjour, marmonna Sam d'une voix éraillée de sommeil.

— Bonjour.

Ryan releva la tête, posant le menton sur le ventre plat de Sam.

Sam coinça ses mains derrière sa tête pour se surélever et se soutenir.

— Que fais-tu si bas ? demanda-t-il avec un sourire amusé et taquin.

— Je pensais commencer l'année comme j'ai l'intention de la continuer. Si c'est d'accord, répondit Ryan en descendant un peu plus bas, déposant un baiser sur l'érection de Sam à travers le tissu moulant.

— Fais-toi plaisir.

Sam écarta les jambes pour lui faire de la place.

— C'est en travers de mon chemin, souffla Ryan en

abaissant le caleçon de Sam, se décalant pour l'aider à l'enlever.

Puis il s'installa entre les cuisses pâles et minces de Sam, la couverture remontée sur ses épaules. Il faisait froid ce matin-là, et ses pieds étaient gelés là où ils dépassaient du pied du lit, mais Ryan n'y prêta pas attention. Il contempla Sam un long moment. C'était si étrange et pourtant excitant de regarder son érection et ses bourses sous cet angle.

Sam tendit la main et se caressa avec des gestes paresseux. L'excitation de Ryan grimpa en flèche à cette vue.

— Putain !

— Tu hésites ? Tu n'es pas obligé, tu sais, si tu n'es pas prêt. J'étais nerveux la première fois que j'ai sucé quelqu'un, alors je comprendrais. Il n'y a pas...

Ryan écarta la main d'une tape et la remplaça par la sienne et sa bouche.

— OK, eh bien, vas-y, haleta Sam en riant.

Ryan s'exécuta. Avec hésitation au début, il explora le goût et la texture de la langue et des lèvres. Il n'était pas certain de s'y prendre correctement, mais il supposa qu'à moins d'un accident de dents ou d'aller trop loin au point d'avoir des haut-le-cœur, il ne devait pas trop mal s'en sortir. Sam semblait apprécier, si ses gémissements étouffés et ses murmures d'encouragement étaient une quelconque indication. Il se hissa sur ses coudes, le contemplant, et Ryan leva les yeux, souhaitant voir son visage. Sam avait les joues rouges et son regard était rivé sur la bouche de Ryan.

Merde ! C'était sexy d'être maté comme ça. Ryan appuya son érection douloureuse contre le matelas. Il aurait aimé s'en occuper, mais ses mains n'étaient pas libres. L'une masturbait la partie du membre de Sam qu'il n'osait pas faire entrer dans sa bouche, tandis que l'autre était agrippée à sa cuisse fine, sentant les muscles se contracter lorsque Sam se tendait.

Sam marmonna un avertissement rauque :

— Je vais jouir. Si tu ne veux pas avaler, tu ferais mieux de t'écarter.

Ryan ne s'écarta pas. Il pourrait toujours cracher s'il ne le supportait pas.

— *Oh oui*, gémit Sam.

Sa hampe enfla et tressauta contre sa langue, et Ryan continua ses succions, même quand sa bouche fut remplie de sperme chaud et salé. Ce n'est pas si mauvais, décida-t-il. La vue du visage ébahi de Sam compensait largement l'arrière-goût amer. Il tenta d'avaler, mais ne parvint pas à coordonner ses mouvements la bouche pleine, alors il recula et réessaya. Il plissa le nez, et Sam se mit à rire.

— Tu n'es pas fan ?

— Ce n'est pas mauvais. Juste étrange.

— Tu t'y habitueras.

— Je ferais mieux de m'entraîner alors.

— Avec plaisir, répondit Sam en souriant. Tu es mon petit ami maintenant, n'est-ce pas ?

Une lueur d'incertitude traversa ses traits.

— Entraîne-toi quand tu veux.

Ryan rampa le long du corps mince de Sam, amenant la couverture avec lui.

— Oui, je suis ton petit ami. Nous sommes amoureux l'un de l'autre, ce serait stupide qu'on ne le soit pas.

— Oui, soupira Sam en se lovant contre lui, sa main se faufilant dans le boxer de Ryan.

Il empoigna sa longueur et le caressa lentement. Ryan enroula une jambe autour de la cuisse de Sam et son pied – gelé d'avoir dépassé de la couverture – effleura le mollet de Sam, qui glapit.

— Merde ! Je suis frileux !

Moi, je ne le suis plus, songea Ryan.

Le serrant dans ses bras, il embrassa un Sam, tout chaud, souple et *à lui*. Il n'avait jamais été plus sûr de toute sa vie.

À PROPOS DE L'AUTEUR

Jay Northcote vit en périphérie de Bristol, dans l'ouest de l'Angleterre. Issu d'une famille d'écrivains, il a longtemps cru que les gènes de la fiction l'avaient laissé pour compte. Il a passé des années à ne rédiger que des mails, des articles et des contenus de sites internet. Un jour, il a décidé d'essayer d'écrire une nouvelle, juste pour voir s'il en était capable, et a trouvé cela plutôt addictif. Il n'a plus cessé depuis.

www.jaynorthcote.com
Twitter: @Jay_Northcote
Facebook: Jay Northcote Fiction

Jay's newsletter en français: https://bit.ly/jaynews_fr

NOTES

Chapitre 8

1. *Coronation Street* est un soap opéra britannique créé par Tony Warren et diffusé depuis le 9 décembre 1960 sur le réseau ITV. C'est le programme de télévision qui rencontre le plus de succès dans le monde et a été diffusé en continu pendant plus longtemps que tout autre programme similaire. En 2020, plus de 10 000 épisodes ont été diffusés. Ce feuilleton est inédit dans les pays francophones.